メディアワークス文庫

深夜0時の司書見習い2

近江泉美

JN073361

目　次

プロローグ

歩調に合わせ、ゆるく編んだ三つ編みが弾む。

若草のような柔らかな髪にくりくりとした鳶色《とびいろ》の瞳。どこか小動物を思わせる小柄な少女が両腕に書籍を抱え、背表紙に貼られたシールを覗《のぞ》き込んだ。

「ええっと、9は文学、4は自然科学……だっけ？」

返却手続きを終えた本を棚に戻す作業は骨が折れる。図書の分類方法や所定位置を把握していなければ、なおさらだ。

美原《みはら》アンは高校一年生。生まれも育ちも東京で、書籍と無縁の生活を送ってきた。ところが十日ほど前、その暮らしは一変した。父の勧めで夏休みを利用して北海道のとある家にホームステイすることになったのだ。しかし現地に着くとホームステイの話は伝わっておらず……。

そこからは驚きと波乱の連続だ。見知らぬ土地での慣れない暮らしに、初めて触れることの数々。冒険の日々は濃密で、何年もここにいるかのような心持ちにさせる。だが初めてここを訪れた時の感動は変わらずアンの眼前にあった。

白亜の廊下に深紅の絨毯《じゆうたん》がまっすぐ延びている。

ぶ厚い大扉がずらりと並び、アーチ状の仕切りに支えられた高い天井に卵形のペンダントライトが煌《きら》めく。圧巻なのは二階へ続く大階段だ。絨毯が敷き詰められたそれは末広がりの優美な曲線を持ち、踊り場を挟んで左右に分岐する。

いまにも豪奢《ごうしや》なドレスを纏《まと》ったお姫様が下りてきそうな風情にうっとりと吐息をもらし、アンは我に返った。

「いけない、本戻さなくちゃ」

書籍を抱え直し、廊下を急いだ。


ここは〈図書屋敷《やしき》〉。

北海道は札幌市《さつぽろし》、山鼻《やまはな》と呼ばれる地区に立つ日本最北の私設の図書館だ。

正式名称を〈モミの木文庫〉というが擬西洋建築の外観から図書屋敷の愛称で親しまれている。その成り立ちは古く、北海道開拓使の時代まで遡る。

百余年の歴史があるといえば聞こえはいいが、建物はあちこちガタガタだ。たわんだ床はギシギシと鳴り、二重になった古い外窓のガラスは埃《ほこり》で曇っている。時代の変化で利用者は減り、いつしか図書屋敷は住宅街の片隅にひっそりと埋もれた。

誰も来ない、おんぼろ図書館。しかし、この屋敷には秘密がある。

ひとつ、〝ケータイやスマホ、ネットに繋《つな》がるものを図書館に持ち込まない〟

ひとつ、〝夜は部屋から出てはいけない〟

ひとつ、〝猫の言うことに耳を貸してはいけない〟

謎めいた三つのルールに縛られたここは秘密と魔法に彩られた特別な図書館だ。


ひらひらと光り輝く白い蝶《ちょう》が目の端を横切った。

アンははっとして蝶を追って図書室のドアを開けた。紙とインクの匂いに満ちた室内を見回すが、淡く光る蝶はどこにもいない。

「なんだ、気のせい」

見間違いだったのだろう。だが、ただの幻でないことをアンは知っている。

この数日に起きた不思議な冒険を振り返り、自然と笑みがこぼれた。

屋敷に来てからたくさんの書籍に触れた。『荘子』、『クローディアの秘密』、『シャーロック・ホームズの冒険』、『おおきなかぶ』――初めて読む本があれば、懐かしい一作がある。

わくわくしたり、びっくりしたり、悩んだり。ページを捲《めく》ると心が動く。その体験は本を閉じたあとも失われず、考える力となり、悩んだときの支えとなった。いまもアンの心をあたたかく照らしてくれる。

書籍がぎっしりつまった本棚を眺めていると胸が高鳴った。

ここにある本の数だけ、新しい発見と出逢《であ》いが待っている。そしてその出逢いは屋敷を訪れるすべての人に開かれているのだ。

次にやってくる読者を想《おも》いながらアンは返却された本を所定の本棚に収めた。

これは書籍と人を結ぶ、不思議な私立図書館の物語。

一冊目　『走れメロス』　太宰治

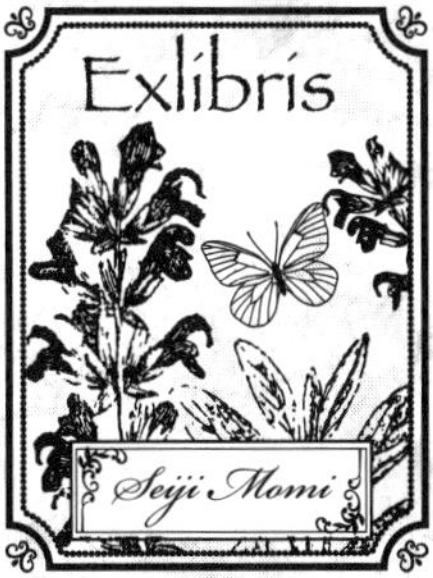

Librarian apprentice at midnight

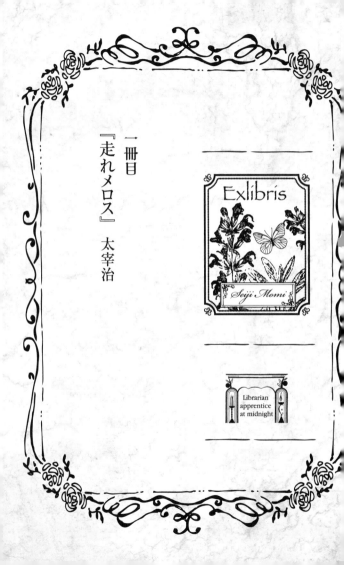

1

「キャー！　出たああ！」

ある日の午前中。穏やかな時間の流れる〈モミの木文庫〉の館内に悲鳴が響いた。

本の整理をしていたアンは何事かと図書室の戸口を振り返った。開け放った扉の向こうを女性が大慌てで逃げていく。

まもなく、ぽてぽてと絨毯を踏む音がして一匹の猫が現れた。

ジンジャーオレンジの長い毛に短い脚。ぽっちゃり体型のペルシャ猫だ。潰れた鼻に眠そうな目つきは体型とあいまって、なんともいえない愛嬌《あいきょう》がある。

アンは胸をなで下ろした。

「なんだ、〈ワガハイ〉か」

図書屋敷で飼われている猫だ。といってもペットではない。書籍や本棚をネズミから守る、立派な従業員だ。屋敷にはそうした猫が全部で七匹いる。

さきほどの女性は猫アレルギーか動物嫌いだったのだろう。

アンは戸口を出て、ワガハイの前にかがんだ。

「追いかけちゃだめだよ、お客さんなんだか――」

そのとき、ぬうっと巨大な影がアンに落ちた。

見上げるほど背の高い強面《こわもて》の青年が壁に貼りつくように立っている。

びっくりして悲鳴が喉まで出かかった。

「セージさん！　もう、おどかさないでください！」

「……………………悪い」

地の底から響くような暗い声で青年が謝った。

籾青爾《もみせいじ》はアンがホームステイする家の家主であり、図書屋敷の館長だ。二十代半ばの細身の長身で、きつめに整った顔立ちは精悍《せいかん》さより厳《いか》めしさが先に立つ。鋭い三白眼と骨っぽい体軀《たいく》は痩せた狼《おおかみ》を連想させた。

「おどかすつもりはないんだが……いまも来館者に逃げられた」

さっきの女の人、ワガハイじゃなくてセージさんに驚いたんだ。

得心したが、しゅんとしたセージの様子を見てアンは努めて声を明るくした。

「きっと笑顔ならびっくりされないですよ。スマイルですセージさん、スマイル」

直後、アンは後悔した。

セージが笑うと三白眼が不気味に底光りし、強面の人相がいっそう悪くなる。悪巧みに成功したマフィアのボスみたいな顔だ。

「すみません忘れてください」

ケッ、と猫のワガハイが小ばかにしたように喉を鳴らした。

「それよりその本、借りるんですか？」

気を取り直してセージが小脇に抱えた本を目線で示した。『お菓子の手作り事典』と書かれた古い本と、もう一冊は『こねこのチョコレート』という絵本だ。

強面の青年は陰鬱な声で答えた。

「………久しぶりに読みたくなった」

こう見えてセージはかわいいものが大好きだ。

大切なひとに触れるかのように優しく表紙を指先でなぞる仕草は書籍への愛情で溢《あふ》れている。気がつくとアンは尋ねていた。

「小説、もう書かないんですか？」

セージは小説家、それも日本中に名を響かせたベストセラー作家だ。

高校生のときに著名な賞を最年少受賞し、デビュー作は押しも押されもしない人気作となった。映画が公開されると人気は不動のものとなり、十年ほど経《た》つ現在も根強く支持されている。現役高校生という情報以外公にされなかったのも人気の理由だろう。ベールに包まれた若き天才。その肩書きが人々の好奇心をくすぐるのだ。

しかしセージはその一作きりで筆を擱《お》いた。

「そのつもりはない………これからも」

それはあの秘密のせいですか？

喉まで出かかった言葉をのみこんだ。

この屋敷には秘密がある。とても古く強い魔法だ。残酷な呪いであり、美しい夢でもある。セージはその秘密と深く結びつき、何年も苦難の中で生きている。

セージさんが選べることじゃないんだ。

その現実を思い出し、アンは質問したことを悔いた。

ごめんなさい、と謝ろうとしたとき、セージが言った。

「それより、君を探してた」

アンは目をぱちぱちさせた。

考えてみれば日中にセージが館内にいるのは珍しい。セージは海外市場で株取引をしており、昼夜逆転した生活を送っている。普段は寝ている時間帯なので、アンに会うためにわざわざ出てきたのだろう。

「なんでしょう？」

「…………ホームステイが終われば、君は東京に帰る」

「はい」

「それなのに、こんなことを頼むのは悪いと思うんだが…………じつは」

「うるさいな、いつまでくっちゃべってんだよ」

いきなり知らない声が会話を断ち切った。

図書室からだ。戸口にいたアンは室内を見回したが、人影はなかった。廊下側かと思ったとき、六人掛けの学習テーブルの陰から若い男性が顔を覗かせた。

会社員だろう、ワイシャツにネクタイを締めている。椅子を一列に並べてベッド代わりにしていたようだ。

物陰で気づかなかった。そもそも平日の日中に勤め人が寝ているとは思わない。

アンと目が合うとスーツの男性はすっと眼差《まなざ》しを険しくした。

「いま仕事サボってるって思っただろ」

「そんなことは……」

「まあ、サボりだけどな」

あっさりと認め、男性は頭の後ろで手を組んでごろんと横になった。

あれ、この人？　どこかで見た顔だ。愛想の良さそうな狐目《きつねめ》と皮肉まじりの話し方。

「あっ、不動産の！」

記憶が繋がった瞬間、思わず声が出た。

図書屋敷に立ち退きを迫っていた不動産会社の社員だ。セージや従業員に高圧的に詰め寄る姿は忘れようにも忘れられない。

狐目の男性は椅子に寝そべったまま答えた。

「そーだよ、その不動産のお兄さんだよ。ぴーぴーうるさいな」

「と、図書屋敷になんのご用ですか？　立ち退きの話は解決したんですよね」

「ただのサボりだって。だるいから外回りって言って抜けてきたの」

はあーあ、と聞こえよがしのため息が続いた。

「最近モチベ上がらないんだよな。あと一歩で大口の契約取れたのにどっかのアホが急に意見変えて。俺の努力も商業施設誘致の計画もパー。全部むだにしといて、ここはあいかわらずしょっぱい商売してんなあ。しかもおこちゃまが増えてるし」

「おこちゃま⁉」

「お前のことな。いいよなあ、子どもには夏休みがあって。ワンマン社長も話のわからない客もいない。鼻水たらして走ってりゃいいもんな」

鼻水たらして走ったりしない！

信じられない大人の態度に怒りを覚えたとき、隣から静かな声が響いた。

「高見《たかみ》」

セージは窘《たしな》めるように男性に言い、アンに視線を向けた。

「やさぐれた大人の相手はしなくていい」

聞こえてるぞ、と高見と呼ばれた会社員が批難するがセージは相手にしなかった。

「さっきの話だが、気をつけてほしいことがある。――――本が騒がしい」

はっとすると、セージが無言でうなずいた。返事はそれで充分だった。

アンは会釈をしてその場を離れ、急いで館内を見回った。

整然と並ぶ書籍の群れ。すっきりと片付いたテーブルと椅子。屋敷は穏やかな空気に包まれて、これといって変わったところはない。しかし。

本が騒がしい。

「セージさんが言うなら間違いない。あちら側でなにかあったんだ」

時代と共に忘れ去られた、町中の古ぼけた私立図書館。

しかしこの図書屋敷には秘密がある。とても不思議で、危険な秘密だ。

§

深夜。寝静まった屋敷のどこかで真夜中を告げる時計の音が響いた。

アンがベッドで目を覚ますと、眼前にふたつの月が浮かんでいた。

目だ。金色の双眸《そうぼう》にぺちゃんこの鼻。愛嬌のある顔のペルシャ猫がアンの胸に座り、じっと顔を覗き込んでいる。日中、屋敷にいた猫のワガハイだ。

その顔がくしゃりと意地悪く歪《ゆが》んだ。

「やいやいやい小娘ちゃん、昼間の話はなんだい。ホームステイが終われば東京に帰るだァ？　いつオレ様が帰っていいと言った？」

猫がしゃべった。驚くべき光景だがアンには慣れたものだ。

アンがあくびをすると、ワガハイはカッと目を見開いた。

「マジメに聞け！　東京に帰るつもりだな？　だめだだめだ絶対却下、偉大な悪魔様であらせられるオレ様がどれだけ苦労して小娘ちゃんを呼んだと思ってる！」

「心配しなくてもすぐ帰らないよ。お父さんの入院が延びたから」

「にゃ？　太一《たいち》の？」

アンはうなずいた。ホームステイのきっかけは父太一の入院だ。難しい手術ではなく二週間で復帰するはずが、先日急に退院が延びたのだ。

心配するところなのだろうが、あまりその気になれなかった。

太一は俳優だった。二十年ほど前、端整な顔立ちを武器に人気テレビドラマに出演し一世を風靡《ふうび》した。しかしそれも過去のこと。厳しい芸能界で生き残れず、現在はただの会社員だ。だが。

「入院患者さんにお父さんのこと覚えてる人がけっこういたみたいで、嬉《うれ》しくて病室を渡り歩いちゃったんだって」

四十半ばを過ぎてもサービス精神旺盛で、褒められることが大好き。そんな太一が久しぶりに脚光を浴びてじっとしていられるはずがない。

案の定、医師や看護師に怒られながら気ままに出歩き、入院患者たちに愛嬌を振りまいた。結果、治りが悪くなって退院日が後ろにずれた。

『アンちゃ〜〜んっ、入院延びちゃったよお。辛《つら》いよ、寂しいよ〜〜』

電話で経緯を話す父のめそめそした声を思い出し、ため息も出なかった。泣きたいのはこっちだよ、と思うが、太一に振り回されるのは慣れっこだ。

ケケ、と猫が金の目を細くした。

「さすがオレ様が見込んだ男、愉快だねえ」

「全然愉快じゃないよ。とにかく、そういうことだから八月いっぱいはここにいるよ」

上機嫌が一転、猫は尻尾の毛を逆立てた。

「八月いっぱい!?　あと二週間くらいじゃないか、短すぎる!」

「そんなこと言われても。ホームステイ決めたのお父さんだし」

「おー情けない。小娘ちゃんは自分のことを自分で決められないのかい?」

はいはい、と適当に受け流し、上体を起こして胸に居座るぽっちゃり猫を落とした。

「今日も仕事があるんでしょ、行こう」

「ぐぬっ……しかたない、この話は保留だぞ」

アンが戸口に向かうと、猫はごろごろ喉を鳴らしてついてきた。現金な猫だ。

鍵を開けてドアノブに触れたとき、耳の奥にセージの声が蘇《よみがえ》った。

〝夜は部屋から出てはいけない〟

初めて屋敷に来た日に告げられたルールのひとつだ。

アンは深呼吸してドアを開けた。廊下に出たとたん、手の甲から煌めく蝶が舞い上がった。ステンドグラスのような縁取りがある白い翅《はね》が震え、羽ばたくたびにリリリン、と涼やかな音色を奏でる。淡く発光する翅が夜を照らした。

白い蝶をランプ代わりに寝静まった屋敷をゆく。足は軽やかに中空を踏み、暗闇でも物の輪郭がはっきりと見える。深い眠りに包まれた深夜にこっそり出歩く背徳感とスリルに少しドキドキした。だが少女を咎《とが》める者はいない。

ここはアンの夢の中。現実と異界を繋ぐ境界だ。

「〈モミの木文庫〉の初代館長って本当に魔術師だったんだね」

「なんだい、いまさら」

「ううん、なんか不思議だなって」

図書屋敷の初代館長は明治時代に北海道開拓のために招致された外国人だ。その人は魔術師だった。初代の力は強大で、彼が蔵書票をつけた本には魔力が宿った。

魔力を得た書物は夜な夜な息づき、夢を見る。そして書物の夢は混ざり合い、現実でも夢でもない意識の集合体――〝図書迷宮〟が生まれた。

図書迷宮は蔵書票の貼られた書物を読んだ人間の想像力を糧とし、無限に広がる。神から塵芥《ちりあくた》までが命を得、終わりのない生を謳歌《おうか》した。

初代亡きあともその力は子孫に引き継がれ、籾家は代々迷宮を守ってきた。迷宮に足を踏み入れられるのは初代の血筋と委任を受けた者のみ。アンは特例で選ばれた司書見習いだ。

ひらり、ひらり。淡く輝く白い蝶が宙を舞う。急勾配の階段を下り、コートや洋服のかかったクローゼットの通路を抜ける。ここまでは現実の籾家と変わらない。しかし小さな内扉を開けると、唐突に白亜の空間に出た。

まっさらな世界に鮮やかな赤絨毯が一直線に延びている。

絨毯の左右には青紫の花が咲き乱れ、その先にアーチ型の巨大な扉が聳《そび》えていた。大扉の表面には青紫色の花が複雑に絡み、まるで大扉を守っているかのようだ。

「エクスリブリス」

舌で言葉を転がすように囁《ささや》くと、風もないのに青紫の花がいっせいに揺れた。

この光景は蔵書票《エクスリブリス》――本の見返しに貼られる所有者を示す小さな紙片の絵と寸分違わない。現館長であるセージの蔵書票が迷宮に通じる唯一の出入り口だ。

白い蝶が扉に絡む花にとまると、かちり、と音がした。蝶は鍵なのだ。植物がさわさわとほどけ、扉が動き始める。美しい風景はここまでだ。

アンは気を引き締めて扉をくぐった。とたん、むっとするような潮の匂いと腐敗臭が鼻を刺した。ひどい悪臭にえずきそうになる。

　濃い霧が視界を遮り、天井から暗雲がたれこめる。埃とカビと死。内装は図書屋敷と似ているが、どこもかしこも灰色で、毛羽立った絨毯と苔《こけ》の生えた書棚が延々と続いている。時折、霧の中を形のないものが蠢《うごめ》き、囁きともうめきともつかない音を残して霧散した。墓場のような風景を前にしてアンは落胆を隠せなかった。

「前よりひどくなってる」

　数日前、ここにはアメリカ屈指の大美術館やロンドンの川辺が存在した。シャーロック・ホームズや夏目《なつめ》漱石《そうせき》と言葉を交わすこともできたのに、もはや見る影もない。

　ワガハイがまとわりつく悪臭を振り払うように全身をぶるぶると振った。

「そうガッカリするもんじゃないぞ。これからもっとヒドくなる」

「ひどくなるの！」

「インターネットに侵蝕《しんしょく》された影響が出始めてるのさ。このくっさい磯《いそ》の臭いもな」

　人間の想像力を糧とする図書迷宮はインターネットと親和性がよすぎるのだ。大量の情報が濁流のように流れ込み、迷宮は文字どおり海にのまれた。どうにか海水を排出できたものの、すべてが元通りとはいかなかった。

「昼にセージさんが『本が騒がしい』って言ってたけど、そのことだったんだ」

「フン。セージめ、勘は鈍ってないようだな。そのとおり、だから今日は小娘ちゃんにスペシャルなお仕事をさせてやろう。本のお悩み相談だ」

アンはきょとんとしてワガハイを見た。

「本が……悩む？」

「悩むとも。悩みすぎて手に負えなくなるのさ。さあ、こっちだ」

説明もそこそこに猫はぽてぽてと軽くない足音をたてて書棚の通路に消えた。

うねるように聳える書棚の間を歩きながら、アンは自分の服装が変わっていることに気づいた。アンティーク調の生成りのシャツにフリルとフレアがたっぷりとしたエプロンドレスだ。迷宮に入ると必ずこの装いに変わる。

猫を追って迷宮を進むと、とことこと書籍サイズの奇妙な生き物が横切った。ごわごわに縮れたページで膨れた胴に蹄《ひづめ》のついた脚。羊と本を足して割ったようなものがいれば、カウベルをつけて書棚の苔をゴリゴリ食《は》む牛のような本がいる。

〈先祖《せんぞ》返《がえ》り〉だ。もとは司書の書籍群と呼ばれる古い本なのだが、長らく読まれなかったせいで表装に使われた動物の姿に戻ってしまったのだ。

好奇心いっぱいの〈先祖返り〉たちがアンのほうへ寄ってきたが、人間が触るとただの本に戻ってしまう。アンは跨《また》いだり追い払ったりして通路を急いだ。

霧の向こうに命のないものが漂い、幻影のように浮かんでは消える。大抵は無害だが恐ろしいものに出くわすこともあった。優に三メートルはある巨大な紙魚《しみ》が銀色の巨体をうねらせて通り過ぎた。息をひそめてやり過ごし、アンは猫を探した。

ぽっちゃりペルシャは大きな書棚の前で待っていた。書棚には隙間なく本が収められているが、どれも本の形をした石だ。ここでは何年も読まれなかった本は化石に変わる。

「この本を取れ」

ワガハイが棚板をよじのぼり、一冊を前脚で示した。

「うえ、変な手触り」

引き出した本は石と紙の中間のような感触で、小動物のようにほんのり温かい。

「誰かが〈モミの木文庫〉でその本を読んだのさ。想像力が注がれれば化石化は解ける。それはいいとして……まあ、とにかく読んでみろ」

黒地に白抜きの表紙で『走れメロス』とタイトルがある。

「あっ、太宰治《だざいおさむ》の本。中学の教科書に載ってたよ」

読書家ではないアンでも読んだことがある作品だ。その冒頭はあまりに有名だ。ページを捲って最初の一行を読み、アンは「ん？」と眉根を寄せた。

『メロスは激怒した。必ず、かの事実無根の噂を除かなければならぬと決意した。』

「事実無根の噂《うわさ》……？　こんな内容だっけ」

「いいや。原因は——おっと、さっそくおいでなすったぞ」

ふううぬ、と荒い鼻息が突風となって通路を吹き抜ける。

軽快な足音と共に現れたのは筋骨隆々の大男だ。厚みのある上半身に血管の浮き出た太い脚。肉体美を誇示するかのようにピチピチのランニングシャツと短パンを纏い、ブランドもののスニーカーを履いている。しかし大男は白黒画像のように色がない。全身が湯気のように揺らめき、輪郭はかすんでいる。

肉体を持つ人間とは決定的に違う、この異界にのみ存在するもの。

「この人、〈登場人物〉だよね」

アンは書棚の中段に座る猫に顔を寄せて尋ねた。

〈登場人物〉とは迷宮の住人だ。蔵書を読んだ人々のイメージが複雑に混ざり合って生まれる。想像力から生まれるため、その姿は流動的だ。

注意深く観察すると、大男のランニングにはゼッケンと企業のロゴのようなものが縫い付けられていた。

「ボディビルダーかマラソン選手？　なんの作品の〈登場人物〉かな」

「こちらは〈メロス〉さんだ」

「えっ、メロスって——」

「メロスは激怒した！　必ずかの事実無根の噂を除かなければならぬと決意した‼」

いきなり大男が叫んだ。

鼓膜が破れそうな声量にワガハイは苛立《いらだ》った様子で尻尾を揺らした。

「ごらんのとおりさ。〈メロス〉さんは風評被害にお怒りだ。近年、〈メロス〉さんには走ってない疑惑――」

「人の心を疑うのは、最も恥ずべき悪徳だ！」

怒声がワガハイの声をかき消す。〈メロス〉は激怒した。ボディビルのポージングを決めながら芝居がかった口調で怒りを発露した。

「私は今宵《こよい》殺される！　殺される為《ため》に走るのだ！　身代りの友を救う為に走るのだ！　人々の奸佞邪智《かんねいじゃち》を打ち破る為に走るのだ！　走らなければならぬ！」

えい、えい、と叫び、〈メロス〉は走り出した。全力とはほど遠い歩みで。

競歩のように尻をふりふりして歩く姿にアンはぽかんとした。

「わかったな、終始あの調子さ」

「なんでああなっちゃったの」

「直近で蔵書の『走れメロス』を読んだニンゲンの影響だ。それ自体はいつものことだが、タイミングが悪かった。先日インターネットに侵蝕されただろ？　あのとき迷宮に流れ込んだ言葉がこびりついて〈メロス〉さんを歪めちまったのさ」

「歪める？」

「ネットで『走れメロス』を検索すると関連ワードで『走ってない』と出てくるのさ。〈メロス〉さんはその言葉に囚《とら》われて怒鳴り散らしてるわけだ」

「事実無根の噂ってそういうこと」

「とにかく、うるさくてかなわん。あの〈メロス〉さんの悩みを片付けるのが今日の小娘ちゃんのお仕事だ。さっさと存在を安定させろ」

アンは顔をしかめた。

「安定って、どうやって?」

「もちろん『走れメロス』に新しい読者を見つけてやるのさ。迷宮の糧はニンゲンの想像力。〈登場人物〉の姿は蔵書を読んだニンゲンのイメージ次第だ」

「いつ、誰が、どんなふうに、何人読んだか……そういうのが複雑に合わさって〈登場人物〉の外見と性格が決まるんだよね」

「そうだ。だがいい読み手を引き当てれば一発で劇的変化もあるぞ。走ってない疑惑でふてくされる〈メロス〉さんにバシッと新しい想像力が満ちれば、ネットの戯言《たわごと》なんぞ吹き飛ぶだろうよ。なあに、やることはいつもどおりさ。ふさわしいニンゲンに『走れメロス』を貸し出せ」

猫は鼻先をツンと上に向け、講釈した。

「コツは相手に合った本を選ぶこと。心が躍る読書じゃなきゃダメだ、ワクワクしたりホロリとしたり。必ず楽しんでもらえ。じゃなきゃ想像力は生まれないからな。ついでに作品を上辺で読まず、他人の意見や評判に振り回されないヤツがいいね」

「簡単に言うんだから」

「カンタンだろ？」

アンは呆《あき》れた。読書には好みがある。好きな作家や興味のあるジャンルは楽しいが、関心外のものは退屈だ。相手の好みがわからなければ本を薦めること自体難しい。

「どんな人なら楽しんでくれるかな。『走れメロス』って友情の物語だよね」

悪い王様に死刑を言い渡されたメロスは妹の結婚式に出席するため、自身の身代わりに友人を残して旅立つ。期限までにメロスが戻らないと友人は処刑されてしまう。メロスは自分が殺されると知りながら懸命に走るのだ。

「友人のために走るメロスと、メロスを信じて待つ友人。すごくいい話だよね」

「へえ、そんな話なのかい？」

猫がいやらしく笑ったが、アンは読者像をイメージするのに忙しかった。

「うーん、ふさわしい読者って難しくない？　たとえば中学生が主人公の恋愛小説だったら中学の女の子に薦めやすいよね。けど『走れメロス』って友情がテーマでしょ？　誰が読んでも楽しめるっていうか」

これといって薦めたい人物像が浮かばない。しかし万人受けする内容だからといって百人中百人が楽しめるわけではないのだ。

「もうちょっと手がかりないかな。薦めるときのセールスポイントみたいなの」

「セールスポイントねえ。そういえばさっき〈著者〉の太宰治を見かけたな」

「太宰治がいるの！」

アンがぱっと笑顔になると、ワガハイは潰れた鼻の上にしわを寄せた。

「ミーハーめ。……まあいい、トクベツにオレ様直々に紹介してやる」

猫が悪い笑みを浮かべたが、気のせいだろう。ぽっちゃりペルシャ猫は上機嫌で棚を下り、「あっちだ」と通路を顎でしゃくった。

やった、有名人に会える。

アンの足取りは軽かった。〈登場人物〉同様、〈著者〉も蔵書を読んだ人のイメージの集合体だ。本人ではないとわかっていても著名人と言葉を交わせるのは嬉しかった。太宰治のことはよく知らないが、人気のある文豪なのだ、すごい人に違いない。

「どんな人かな、太宰治」

うきうきしていると、前を歩くワガハイが猫なで声で言った。

「じつは、太宰は『走れメロス』を書く前に物語と似た体験をしてるんだ」

「そうなの？」

「熱海《あたみ》に滞在したときだ。ワケあって宿代やらが払えなくなってな。そこで太宰は一緒にいた作家の檀一雄《だんかずお》を人質に残し、単身東京に戻った」

「へー、本当に『走れメロス』みたい。太宰治は友情に厚い人なんだね」

「ニャヒヒ、厚いとも。ちなみに檀が熱海にいた理由は太宰の妻に頼まれたからさ。うちの旦那が帰らないから宿代を届けるついでに連れ帰ってほしいってな。檀と再会した太宰はそりゃあ喜んだそうだ。で、ふたりはその金を使い込んだ」

「えっ」

「宿代を払わないで天ぷらを食いに行ったのさ。たらふく食べたら宿のおアシが足りなくなったが、使っちまったもんは仕方ない。毒を食らわば皿までも。酒を飲み、お姉ちゃんとキャッキャウフフで、あっという間にすっからかんだ」

「ちょ、ちょっと待って。お金全部使っちゃったの？　じゃあ、わけあって宿泊のお金が払えなくなったって、自業自得⁉」

「そうとも言える。さあて、檀に明後日《あさって》には帰ると言って金を取りに東京に向かった太宰だが、二日、三日と経っても熱海に戻らなかった。さらに数日が過ぎて、宿のオヤジがしびれを切らした。人質の檀に太宰を探してこいと命じたのさ。もちろん檀が逃げないように見張りの男をつけてな」

「…………嘘《うそ》でしょ」

ひどい展開だ。しかし猫の話は終わらない。

「日頃の行いかねえ、太宰は知り合いに借金を頼んだが断られた。ばつが悪くて熱海にも戻れない。で、師匠を訪ねた。そこでなにをしてたかって？　将棋だよ」

「将棋⁉」

「ああ。そうだろ、太宰先生？　熱海のこと覚えてるよな」

猫が正面に声を投げる。そのときになってアンは通路の人影に気づいた。

着物姿の男性だ。灰色の体は半ば溶け、向こう側が透けて見える。癖のある黒髪に物憂げな眼差し。優男という言葉が似合う長身の男性だ。

この人が太宰治？

尋ねる暇はなかった。猫が男性に呼びかけた直後、空間がうなり、ページを捲るようにパラパラと情景が流れた。湯気をたてる天ぷら。きゃははと着崩れた着物の女性が横切り、釣り糸に引っ張られた魚の影が躍る。明後日には戻る、と太宰が言い残して宿をあとにする。

ぱちん、と駒が盤上に吸いつく音がして、唐突に風景が定まった。

和室だ。将棋盤を挟んで太宰と年輩の男性が将棋を指している。

「あんまりじゃないか！」

出し抜けにアンの後ろから怒声が轟《とどろ》いた。

振り返ると、熱海に置き去りにされた男性が和室に入ってくるところだった。

　太宰は明らかに動揺した様子で盤上の駒を崩した。師匠が何事かと尋ねると、すかさず檀に同行した見張り役が口を開く。太宰の放蕩《ほうとう》ぶりが語られ、大量の請求書が師匠の手に落とされた。師匠は代金を立て替える支度にかかった。

「うっわ」

　いい大人が妻が用立ててくれた宿泊費を使い込み、散々飲み食いして遊んだあげく人質に残した友人を見捨てる。その上、世話になった人に借金を肩代わりさせるなんて。

「ひどすぎ」

　アンが呟《つぶや》くと、しおしおとしていた太宰がアンを見、弱々しく言った。

「待つ身が辛いかね、待たせる身が辛いかね」

「あなたがそれ言う⁉」

「ああ、最高だ、大好きだ太宰治」

　心底呆れるアンの横でワガハイは嬉しそうに笑った。

「やあやあ、愉快愉快」

　通路を離れるとワガハイは上機嫌でごろごろと喉を鳴らした。「全然愉快じゃない！」とアンが嚙《か》みついても、ぽっちゃりペルシャのニタニタ笑いは崩れない。

　ワガハイは毛羽立った絨毯に座り、アンを見上げた。

「前に教えてやったろ、〈著者〉は変人ぞろいだって。作家論にしろエッセイにしろ、面白エピソードの集合体だからな。当然、それを読んだニンゲンの想像から生まれる〈著者〉もぶっとんだヤツになるのさ。まあ、太宰は現実でもあのノリだが」

「じゃあ、こうなるってわかってて会わせたんだ」

「そのミーハー癖を直してやろうと思ってね」

アンは唇をとがらせた。しかし猫の言うことにも一理ある。

「たしかにちょっと浮かれてた。ごめん」

「ちょっとお？」

「もう、ごめんったら！　それより〈メロス〉のこと。太宰治は全然走ってないし、こんな話聞かされて誰に『走れメロス』を薦めればいいの？」

「おばかさんめ、それを考えるのが司書見習いのお仕事だろ」

そのとおりだ。アンはうめき、天を仰いだ。

2

翌朝。アンは〈モミの木文庫〉の受付で『走れメロス』を開いた。中学の授業で習ったが、きちんと読むのは初めてだ。短い話なので三十分ほどで読める。

最後の一行を読み終えたとき、アンの眉間に深いしわが刻まれていた。

友だちのために命懸けで走るメロスと、そのメロスを信じて待つ友人――授業ではそう教えられ、アン自身、友情の物語だと思っていた。ところがだ。

「メロスって、じつはちょっと迷惑な人？」

町の老人から悪徳ぶりを聞いただけで王を殺しに向かい、二年ぶりに会う友人セリヌンティウスを本人の承諾前に人質に指定する。妹の結婚式を強引に進め、道端の犬を蹴っ飛ばし。愕然《がくぜん》としたのは妹の結婚式のあとに深く眠り、寝過ごしたことだ。

自分の身代わりに親友が牢《ろう》に繋がれていたら心配で一睡もできないのではないか。道中のんきに歌ったり、ぶらぶら歩いたり。

「なんかモヤッてする」

カッとして王を殺そうとしたのだ、死刑を言い渡されるのもある意味しかたがない。そこに友人を巻き込んでおきながらメロスは途中でふてくされ、あまつさえ約束を投げ出そうとする。最終的には間に合うのでハッピーエンドではあるのだが。

「友だちのためなら迷わず、まっすぐに走ってほしかったな……」

そう願ってしまうのはアンが中学時代に友人関係で苦い経験をしたからだ。

メロスにマイナスイメージを抱いたが、アンがいくら蔵書を読もうと〈登場人物〉や〈著者〉に影響しない。迷宮の司書の想像力は異界を管理するために使われるからだ。

「とにかく新しい読者を見つけなくちゃ。迷宮の〈メロス〉は走ってない疑惑に怒ってたから、『メロスは走った』って疑いなく、純粋に楽しんでくれる人に本を貸し出せばいいよね――――って、そんなセリヌンティウスみたいな聖人現実にいる⁉」

自らにつっこみ頭を抱えたとき、図書館の正面口に人影が現れた。

小柄な男性とがっしりとした女性がふうふう言いながら入ってくる。

「ノトさん。リッカさん」

能登《ノト》と妻の六花《リッカ》は屋敷に住み込みで働く五十代の従業員だ。長袖長ズボンに長靴姿で暑そうに日よけの帽子を取る。その様子で何の作業をしていたかわかった。

「いまの時間まで庭の手入れですか？」

「うん、夏はすぐ雑草が生えるから。いやあ、今日は暑いね。アンちゃんに朝手伝ってもらわなかったら昼過ぎまでかかって茹《ゆ》でダコになってたよ」

丸眼鏡でおだやかな雰囲気のノトはさりげなく人を褒めるのがうまい。

「お茶にしよう。摘みたてのアップルミントとハーブを浮かべてね」

リッカは園芸用の工具箱を置き、小さなハサミを手にきびきびと庭に戻っていった。

「元気だねえ」とノトはタオルで汗を拭い、受付に置かれた本に気づいた。

「『走れメロス』だ、懐かしいな。アンちゃんが読んでたの？」

「はい、さっき読み終わりました」

「楽しかった？」

「えーと」

以前のアンなら空気を読んで『楽しかったです』と答えただろう。だが図書屋敷に来てからは違う。ここでは優等生の答え方をしなくていい。

「中学で信頼とか友情の物語だって習ったんですけど、いま読むとそんなにきれいな物語じゃない気がして。メロスが自分勝手に見えるというか、まわりにすごく迷惑かけてるというか……」

ふふ、とノトが相好を崩した。

「『走れメロス』はメロスの視点で書かれてるからつい共感しちゃうけど、よく読むとおかしな場面がたくさんあるよね。メロスは単純でちょっと思い込みが激しいし、考えたくないことは先延ばしにしがちで」

「そうなんです、友だちの心配ほとんどしないし、すぐ投げ出そうとするし」

アンは何度もうなずいてから、ふと思った。

「ノトさんはメロスの〝走ってない疑惑〟って知ってますか？」

「走ってない疑惑？」

ネット上にそうした書き込みがあると伝えると、ノトは合点《がてん》がいった様子になった。

「いつだったか、ある中学生が作中の時間経過と移動距離を書き出してメロスの走る速さを算出した自由研究がコンクールの賞をとってね。以前からメロスは走ってないんじゃないかって疑う人はいたけど、一目瞭然のグラフで発表されたもんだから。やっぱり走ってなかったかあって納得した人が多かったみたい」

それを抜きにしても、と言葉が続く。

「もともと『走れメロス』は面白おかしく読まれる傾向があるんだ。『少しずつ沈む太陽より十倍の速さ』はマッハ十以上だとか、十里は四十キロくらいだから三日もかかるのは変だとか。走ってないっていう説があっても不思議じゃないね」

「そうなんですか……ちなみにメロスが走る速さってどのくらいだったんですか？」

「平均でだらだら歩き、全力で走って早歩き程度らしいよ」

「全然走ってないですね！」

ねー、とノトが声を揃《そろ》えて笑う。

「よくうちに来られるね！」

そのとき、離れたところからリッカの怒声が響いた。

驚いて声のほうを見ると、玄関口の向こうにリッカとスーツを着た狐目の男性がいた。

摘みたてのハーブを手にしたリッカは「またこんなところで油売って！」とおかんむりだが、対する狐目の男性――高見は飄々《ひょうひょう》としている。

アンは眉を顰《ひそ》めた。

「あの人、不動産会社の」

「高見君だね。セージ君の幼なじみ」

アンはびっくりしてノトの丸眼鏡の奥を覗き込んだ。

「幼なじみ？　じゃあ、ノトさんも前から知ってる人なんですか？」

「うん、セージ君と小学校が一緒で、セージ君が東京の大学に行くまで仲良しだった」

「あの人、図書屋敷を潰そうとしましたよね。お金がないなら出てけって」

「そりゃあ仕事だから」

「だけどそんなに仲がいいなら、あんなにきついこと言わなくても」

立ち退きを迫る高見の態度はひどいものだった。口調は乱暴で高圧的。セージは一方的にやりこめられ、間に入ったノト夫妻は必死にとりなしていた。

友だちにあんなことするなんて、ひどすぎる。

「歯痒《はがゆ》かったんだね、高見君」

「え……？」

「大学を卒業してこっちに戻ってきたと思ったら、セージ君、ずっと屋敷に引きこもってるでしょ。生活は昼夜逆転して外出もしない。高見君なりに何とかしたかったんだろうね。そりゃあ褒められたやり方じゃないし、言い方もひどかったよ。でも高見君がセージ君を気にかけてきたのも本当だから。リッカもぼくと同じ気持ちじゃないかな」

ノトの眼差しは穏やかで、遺恨を感じさせなかった。リッカも腹を立てた様子だが高見を追い返そうとはしていない。竹を割ったような性格のリッカだ、本気で嫌っていたら決して敷居《しきい》をまたがせないだろう。

当の高見はといえば、へらへらしながらリッカのお叱りを受けている。

……世の中って、わかんないことだらけだ。

大人たちのやりとりにアンは首をひねるばかりだった。

三十分後。業務に戻ったアンは館内をそぞろ歩いた。

図書屋敷は長らく開店休業状態で利用者のない日がざらだった。アンが司書見習いとして働くようになってからは少しずつ増え、いまでは日に五、六人の利用者がいる。時折、催し物や庭を目当てに団体客が来るが、それ以外はのんびりとしたものだ。

歩きながら自然と『走れメロス』のことを考えていた。

「どんな人に薦めたらいいんだろ。だいたい、ふさわしいってなに」

相手に合った本を選ぶこと。心躍る読書であること。必ず楽しんでもらうこと。

ついでに作品を上辺で読まず、他人の意見や評判に振り回されないヤツがいい――

ワガハイの言葉を思い出し、うめきたくなった。利用者の好みに合った本を選んだことはあるが、本にふさわしい読者を探すとなると格段に難しい。

「メロスは走ったって感じてくれる読者。うーん、ひねくれてなくて、素直に受け止めてくれる人だよね。小さい子かな」

イメージを摑《つか》みかけたとき、廊下の掲示板に目がとまった。

市内の催し物のチラシを置いたコーナーで、来館者が自由にコメントを残せるように色とりどりのカードとコルクボードがある。そこに新しい感想カードが貼られていた。

中高生の字だろうか、濃い鉛筆書きでこう記されていた。

『シラクスから村まで十里＝約四〇キロ。男子マラソン世界記録、二時間ちょっと。メロス、走れよ』

「ワガハイが言ってた直近の影響って、これだ」

ブランドのスニーカーを履いて肉体美を見せつけてくる迷宮の〈メロス〉が脳裏をよぎり、渋い顔になった。

この感想カードを剝がしたら、あの〈メロス〉も安定するかな。

誘惑にかられて紙の端に指をかけるが、それ以上手を動かせなかった。

気に入らない意見だからなかったことにする？　毎回剝がすの？

それで解決するなら簡単だ。だがこの感想カードを貼った人は感じたままを記したにすぎない。その気持ちをないがしろにしていいのだろうか。

「本は自由だよね」

図書屋敷に来て知ったことだ。アンはコルクボードの感想カードをそっと撫《な》で、その場を離れた。

洋風の館内は古い紙とインクの匂いに満ちている。どっしりした大きな本棚とアンティークの調度品に囲まれていると、ここが日本だと忘れそうだ。

窓の外に広がる立派なイングリッシュガーデンもその一因だろう。黄金ニセアカシア、ヒバ、カエデ、ナナカマド。バラやアジサイなどの園芸種があれば、北海道ではお馴染《なじ》みのフキやウバユリが小径《こみち》を彩る。一見無造作に作られた庭は四季の草花がバランスよく配され、いくら眺めても飽きることはない。

「この風景、お父さん喜ぶだろうな」

子どものようにはしゃぐ姿が目に浮かぶ。もう何年も太一に会っていないような錯覚に囚われた。東京を離れてまだ二週間だが、高校一年生のアンには人生で初めての長期ホームステイだ。

不意に猛烈な寂しさに襲われた。胸にぽっかりと穴が空いたようで、どうしようもなく自分の家が恋しくなる。

東京に帰りたい。やっぱりうちが一番いい。お父さんと千冬《ちふゆ》さんに会いたい――いても立ってもいられない気持ちになり、つんと鼻の奥が熱くなった。強烈な感情の高ぶりに戸惑い、その波で溺れないように耐えるので精いっぱいだった。

目に浮かぶ涙が乾くまでずいぶん時間がかかった。

激しい感情の波はおさまったものの、悲しみは根を生やしたように居座っている。

アンは窓辺にもたれた。

雲がゆったりと流れていく。鳥の影が横切り、心地よい風が吹く。さらさらと木々の揺れる音が疲れた心を癒やしてくれた。

千冬さんもどうしてるかな。

海外赴任で活躍する母を思うと少しだけ胸の奥がざわついた。

会いたい。たしかな気持ちと裏腹に戸惑う自分がいる。千冬となにを話していいか、わからなかった。会っても気まずい思いをするだけかもしれない。

千冬はアンが小学生のときにやってきた太一の再婚相手だ。有名大学出身の秀才で、会社では主要プロジェクトを任されている。

聡明《そうめい》で美人、仕事もこなせる恰好《かっこう》よさにアンはすぐに千冬のことが好きになった。しかし千冬からすれば突然できた小学生の娘に戸惑ったに違いない。

会話はぎくしゃくして、いつも微妙な空気になる。それでも仲は悪くなく、つたないながら母子の関係があった――あの一件が起こるまでは。

千冬のことを思うと苦い気持ちがつきまとう。

この気持ちは……なんだろう？ 辛い。悲しい。苦しい。どれも違う気がする。

無意識に自身の耳に触れていたことに気づき、そっと手を離した。

そのとき、イングリッシュガーデンに背の高い人を見つけた。セージだ。狼を思わせる痩せた長身は遠くにいてもすぐにわかる。

「そうだ、セージさんなら本のアドバイスくれるかも」

思いつきは確信に変わった。アンは図書室から正面口に向かった。


庭に下りるとハーブと花の香りを強く感じた。メインの通りを外れて小径を駆け、低木とワレモコウの茂った一角を抜ける。ようやくセージの姿が見えた。

アンは声をかけようとして初めて周囲の様子に気づいた。

「わあ」

セージよりもさらに高く、深紅の花をつけた植物がすっくと伸びている。大輪の花が太い茎に連なり、花びらはフレアスカートのようだ。赤のほかにピンクや白がまざったものがあり、背の高い花に囲まれると花束の中にいるみたいだ。

「きれいですね、なんていう花ですか？」

思わずあいさつも忘れて尋ねると、セージがぼそりと答えた。

「コケコッコー花」

きつい三白眼がじっとアンを見下ろす。不機嫌で威圧的に見えるが、コツを摑んだアンには違う表情が読み取れた。

　この顔は冗談じゃなさそう。えっ、じゃあ本当ってこと？

「変わった名前の花ですね」

　セージは無言のまま赤い花びらを優しく引き抜いた。厚みのある花びらの付け根を丁寧に二枚に裂くと、いきなりアンの鼻に触れた。

　ひゃっ、とアンは身を縮めたが、花びらは落ちることなく鼻の頭で揺れた。

「あれ、くっついてる？」

「花弁の付け根が粘着質なんだ。赤い花びらがニワトリの鶏冠みたいに見える……だから、こうして遊ぶ」

　セージは同じように割いた花びらを自分の顎にくっつけ、天を仰いだ。

「コケコッコー」

　棒読みの、とても静かな低音だ。反らした顎から首筋の線は細く、喉仏がかすかに動く。寡黙な青年は横目でアンを見、ふっと笑った。

　セージさん、おちゃめだ。

　きつい三白眼の強面は殺し屋かその筋の人に見えるが、内面はとても穏やかで優しさに満ちている。

「コケコッコー花は、ホリホックやタチアオイとも呼ばれる。関東でも咲く」

「そうなんですか？」

言われてみれば公園や街路樹の片隅に似た花を見たような気がする。

記憶を辿《たど》っているとセージの静かな声が響いた。

「話……あったんじゃないか」

「あっ、そうだった！　あの、『走れメロス』をどんな人に薦めたらいいかわからなくて。考えを聞いてもらってもいいですか？」

セージが目顔で続きをうながす。

「『走れメロス』って誰でも楽しめますよね。でも学年が上がると素直に読めないっていうか……斜めに読んじゃって、友情がテーマのいい話だと思えなかったんです。だからこういう話は小学生とか小さい子のほうが楽しめるんじゃないかなって」

短編小説はコンパクトでスピード感がある。小学生が読んでも楽しめるはずだ。中高生のように邪推や疑いを挟むことなく、素直に感動してくれるだろう。

アンはそう結論づけたが、返ってきた答えは予想と違っていた。

「斜めの部分も、大切だ」

「え？　だけど……揚げ足を取るみたいな読み方はよくないんじゃあ」

「つまらないだろう。批評してやる——本を開く前からそんなふうに構えた読書は、誰も幸せにしない。でもまっさらな気持ちで読んで感じたことなら……斜めでも脱線でも、どれもいい」

「ええと、どういうことでしょう？」

沈黙が落ちた。

セージは口下手だ。その上、自身の威圧的な風貌と暗い声が相手を怖がらせることを気にしている。その証拠に普段は背筋が伸びているのにアンの前ではいつも猫背だ。

アンは考えを巡らせ、質問を変えた。

「セージさんならどんな人に『走れメロス』を薦めます？」

「メロスっぽい人」

なんですかそれ。

ますますわからない返答に困惑するが、セージはじっと見つめ返すばかりだ。

「ごめんなさい、わからないです……。詳しく教えてもらっても？」

「…………あとは、もみじに聞いてくれ」

「もみじ君？」

でも、と食い下がろうとすると、青年がくわっと双眸を見開いた。世にも恐ろしい形相にアンの喉から悲鳴がもれた。しかしセージを怒らせたわけではなかった。

青年の肩からひょっこりと三角の耳が現れた。

真っ黒な子猫が肩によじ登り、小さな爪をセージの首に刺している。セージが動かないのをいいことに子猫は頭に前脚をかけた。

ほほえましい光景のはずだが、セージの形相が恐ろしすぎる。

「お、下ろしましょうか、猫」

「…………いや、おやつの時間だ」

つくづく凄《すご》みのある悪人面が惜しい。心優しい青年は頭で子猫を遊ばせたまま、のっそりと屋敷に引き返した。

昼間に庭にいるのは珍しいと思ったが、子猫を見つけて誘い出されたのだろう。セージはかわいいものに目がないのだ。

ひとり庭に残されたアンは青年の言葉を振り返った。

――もみじに聞いてくれ。

セージがそう言うなら相談の続きはそちらにするほかない。

3

午後。アンはノートとペンを入れたトートバッグを提げ、利用者として図書館に戻った。突き当たりの図書室に入り、ぶ厚い専門書を選ぶ。専門書のコーナーはまず来館者が来ないので昼寝にはもってこいだ。

デスクに着いて本を開くと、難しい単語が並び、内容の一割も理解できなかった。レースのカーテンから透ける陽光は柔らかく、ひんやりとした空気が心地よい。食後の眠気もあって自然と瞼《まぶた》が落ちてきた。

うとうととして、ふと目を開けたとき、視界は灰色に霞《かす》んでいた。

霧だ。潮と腐敗臭のする濃霧が満ち、あたりは死んだように静まり返っている。アンが読んでいた専門書は書籍の形をした石に変わっていた。

「よし、入れた」

迷宮の司書は図書屋敷で眠ると自動的にこちら側へ来てしまう。迷宮は危険が多いので不用意に近づかないようにしているが、用事があるときは別だ。

「もみじ君どこにいるかな」

デスクを離れ、書棚の通路に入った。色褪《いろあ》せた絨毯とオーク材の巨大な書棚がどこまでも続いている。通路はあり得ないほど長く、うねり、分岐し、ねじれ、奇妙な光景をつくる。濃霧で方向感覚も狂いがちだ。

あたりを見渡すと、遠くに白亜の大扉を見つけた。現実世界へ戻ることができる唯一の出入り口は霧の中でも白く輝いている。

大扉を目印にして方角を見定めながら回廊を進む。しばらくすると「えい、えい」と気迫の叫びが聞こえ、三叉路《さんさろ》を全力疾走で曲がろうとする大男が見えた。

ところがいつまで経っても〈登場人物〉の大男は角を曲がらない。駆けているように見えて、じつはその場で足踏みをしているのだ。

アンが近づいても〈メロス〉はがむしゃらに足踏みした。影だけが長く伸びて夕日に向かっていることを窺《うかが》わせる。夕日などどこにもないが。

「ぬおおおおおお！」

関わらないほうがよさそうだ。

〈メロス〉と別の通路に進もうとしたとき、長く伸びた影が揺らいだ。影の縁が波打ち、生き物のようにうねる。

なんだろう？　興味を惹《ひ》かれて近づいたとき、いきなり白い蝶が目の前を横切った。びっくりして体をのけぞらせると、足元の絨毯が無数の蝶に変化した。

「わっ、なに」

白い蝶の大群が優しくアンを押し返し、影から遠ざけた。まるで影に触らせたくないようだ。なぜだろうと目を凝らし、はっとした。

影がさざ波立っている。水だ。黒い水が薄く広がって影のように見せていたのだ。

その黒い水がなんなのか、アンはよく知っていた。

「これ、インターネットだ」

図書迷宮に流れ込んだネットの情報が黒い水となって可視化されているのだ。注意深く窺うと、液体の中に『メロス走ってない』『ノロノロ』『ひどいw』と文字が蠢いた。

「ネットの言葉にひっぱられておかしくなるって、こういうことだったんだ」

図書迷宮はインターネットと相性がよすぎるのだ。蔵書を読んだ人々の想像力を糧に生まれてくる存在であるがゆえに、無秩序で膨大なネットに触れると存在自体が不安定になる。しかしその脅威は迷宮の住人に限ったことではないだろう。自分で考えて行動できる人間でさえネットの意見に振り回され、ときに落ち込み、心を壊されてしまう。

その感覚を思い出し、アンは意識して気持ちを切り替えて蝶の群れを見た。

「私がネットに触らないようにしてくれたんだね。ありがとう」

白い蝶たちはアンの頬や腕をくすぐり、ついておいで、と誘うように通路に舞った。

この迷宮で蝶を自在に操れる者はひとりしかいない。アンは蝶を追って書棚の通路を進んだ。昼の迷宮は穏やかだ。書物の夢が混ざり合って生まれた異界は人間が夢を見る深夜に活気づく。いまは眠りの時間なのだ。

やがて通路の先にイバラが見えた。氷のように透きとおったイバラは複雑に絡み、通路を塞いでいる。しかしアンが近づくとイバラは道を譲るようにほどけた。

不思議な光景だった。無数の棘《とげ》を持つ植物がアンと白い蝶の動きにあわせて避けていく。いつの間にか毛羽立った絨毯は消え、足元には青空が広がっていた。

空を歩いているみたいでドキドキした。イバラの向こうに光が見える。

通路から開けた空間に出たとき、アンはその光景に目を奪われた。

足元に輝くような青空と湧きたつ雲が浮かぶ。沈む夕日は地平を黄金色に染め、朱やオレンジの光の帯が伸びる。猫脚のキャビネットと重厚なデスクが置かれていなければ空のただ中にいると錯覚しただろう。

頭上には満点の星空があった。ベルベットのように柔らかく艶《あで》やかな夜は寝息をたてるようにたゆたい、星雲や無数の星々が密《ひそ》やかな音色を奏でる。天空に広がる夜の帳《とばり》は垂れ下がり、一箇所に集まるようにしてハンモックを作っていた。

アンの探す人はそこにいた。さらりとした黒髪に、けぶるような睫《まつげ》毛。美少女とみまごう端麗な少年が夜にくるまって眠っている。

〈著者〉の伊勢《いせ》もみじだ。

高校生にして著名な賞を最年少受賞し、デビュー作はミリオンセラー、映画も大変なヒットを記録した。しかしそれも十年ほど前のこと。

現実の〝伊勢もみじ〟はとうに成人している。作品を読んだ大勢のイメージが折り重なり、この少年を形作っているのだ。

アンがそばへ行くと、少年がゆっくりと目を開けた。

「やあ、アン。早かったね」

ほほえむ顔は蒼白《そうはく》だ。〈著者〉のもみじもインターネットの侵蝕を免れなかった。

「もみじ君、調子はどう？」

「影響がまだ残ってるみたい。大丈夫、じっとしてればそんなに辛くないよ」

そう言いながら、もみじは起き上がろうとしなかった。

夜のベールに包まれた体はいまも人々の想像に蝕《むしば》まれているに違いない。どうにか抑え込んでいるようだが、変異に抗《あらが》うのは並々ならぬ胆力がいるはずだ。

本当にセージさん……なんだよね。

自分と年の変わらない少年が三白眼の強面の青年だと思うと不思議な心持ちになる。

〝伊勢もみじ〟はペンネーム。セージこそが日本中を熱狂させた高校生作家だ。

当時セージは一切メディアに出なかったが、デビュー作が女子高生の一人称で描かれていたため、世間では伊勢もみじは女子高生だとされている。

そして、その経緯と様々な不運に見舞われ、セージは現迷宮を治める王でありながら〈著者〉のもみじになった。

一時は迷宮の主として復活したかに見えたが、何百万もの人々の想像はそう簡単に拭えない。自身の想像力でどうにか少年の姿に寄せているが、その影響は外見だけでなく内面にも及んでいた。

「『走れメロス』の件だったね。誰に貸し出したらいいか、アンは迷ってる」

明るく話しかけてくるところもセージとは異なる。もみじとセージ。繋がりはあるものの、ふたりはまったくの同一人物とは言いがたい。

「どうかした？」

もみじが小首を傾《かし》げるのを見てアンは「なんでもない」とかぶりを振った。

「もみじ君は〈登場人物〉の〈メロス〉に会った？　走ってない疑惑に怒ってて。本文まで変わっちゃって」

インターネットに侵蝕された影響であること、『走った』と思ってくれる読者に読んでもらえれば存在が安定するだろうことを説明し、言葉を継ぐ。

「だけどメロスが走ってないって言われるの、ネットのせいだけじゃない気がするんだ。作者の太宰治も走らなかったでしょ？」

もみじの表情がぱっと明るくなった。

「熱海事件だ。アン、よく知ってるね」

「迷宮の〈太宰治〉に会ったから」

ワガハイにミーハーだと怒られ、件《くだん》の現場に遭遇したと話すと、少年はうなじのあたりで切《き》り揃えた髪をさらさらと揺らして笑った。

「その場面なら人質にされた作家の檀一雄が『小説太宰治』で、将棋をしていた師匠の井伏鱒二《いぶせますじ》が『太宰治』に記してるよ。ふたりの作家の視点であの事件を読めるなんてすごく贅沢《ぜいたく》だよね。太宰治は本当に愛されてるよね」

「愛されてる……？　あんなにひどいことする人が？」

「困った人だから魅力的なのかも。太宰の個性とあの体験があったから『走れメロス』が誕生したんじゃないかな。檀もあの熱海旅行が『走れメロス』を書く上で重要な心情の発端になったんじゃないかって好意的に記してるよ」

「たしかに『走れメロス』と似てるけど」

檀のために走らなかった太宰が、セリヌンティウスのために走ったメロスを書いたと思うと、なんとも言えない気持ちになる。

釈然としないものを感じていると、もみじが内緒話するように囁いた。

「じつはね、『走れメロス』は太宰のオリジナル作品じゃないんだ。太宰は別の人の作品を元にして『走れメロス』を書いたんだよ」

「えっ⁉　それってパクり……」

違うよ、ともみじが声をたてて笑った。

「翻案ってわかるかな。既存の作品の筋や内容を変えて新しい物語にするんだ。太宰はある時期に西洋の古典や小説をもとにした作品を立て続けに発表してる」

『女の決闘』、『駈込《かけこ》み、訴え』がそれにあたる。『走れメロス』もそうした作品のひとつだという。

「そうだったんだ。全然知らなかった」

「『走れメロス』の最後にはちゃんと出典が書かれてるよ。アンも読んだはずだ、〝古伝説と、シルレルの詩から〟って」

その一文なら覚えている。めでたしめでたし、の代わりの、一風変わった締めの言葉だと思ったのだ。

「シルレルって？」

「ドイツ語をカタカナ表記にしたものだよ。現代風の発音だとシラー。ドイツの詩人フリードリヒ・フォン・シラーを指してるんだ。シラーの作品に『人質』というバラード……詩があるんだ。太宰はこのバラードをもとに『走れメロス』を書いたんだ」

「じゃあ『走れメロス』はもともとドイツの人が考えた話なんだね」

得心してうなずくと、もみじが悪戯《いたずら》っぽい目をした。

「じつは『人質』もシラーのオリジナルじゃない」

「ええっ⁉」

「『人質』にはもとになった別の物語があるんだ。その物語は実話とも言われていて、そこに登場するふたりの人物は英語で友情を意味する慣用句にもなってる。――この話、興味ある？」

少年がアンの目を覗き込む。黒い瞳がきらきらと輝いて話したくて仕方ない様子だ。ただでさえ気になるのに、こんな顔で訊《き》くなんてずるい。

「そんなこと言われたら、すごく気になる」

アンが頬を膨らませると、もみじははにかんだ。

よし、ともみじが指をしなやかに振ると、床の青空からもこもこと雲が湧き、アンの体を押し上げた。綿雲は柔らかいクッションのような感触だが、内部はしめっぽい風が渦巻いてひんやりとして心地よい。うつぶせに寝転がると、少年と目線の高さが揃った。

なんだかパジャマパーティーをしているみたいで少し照れくさい。

「時は紀元前四世紀、古代ギリシア。シラクーサという街は僭主《せんしゅ》ディオニュシオス二世が統治していた」

もみじの話はそんなふうにして始まった。

——ディオニュシオス王には多くの取り巻きがおり、ピュタゴラス学派を快く思わない者もいた。

ピュタゴラス学派とは、数学や哲学の研究と宗教とが密接に絡んだコミュニティだ。友愛《フィリア》を重視し、互いの財産を共有して共同生活を送る絆《きずな》の深い団体である。

『そんな絆は偽りだ。大きな恐怖に直面すれば終わる』

そう言う者がいる一方、異論を唱える者もおり、取り巻きたちの間で論争になった。

そこで王は残忍な実験を思いつく。ピュタゴラス学派のフィンティアスという男を呼び出して、王への謀反を企《たくら》んでいると濡《ぬ》れ衣《ぎぬ》を着せて死刑を宣告したのだ。

宣告を受けたフィンティアスは濡れ衣を覆せないとわかると、身辺整理をしたいので今日の残りの時間を与えてほしい、と王に求めた。

彼はピュタゴラス学派のダモンという男と共同生活をしており、年長者であるフィンティアスが家のことをとりしきっていた。そのため「自分が身辺整理をする間、釈放の保証に友人ダモンを人質に立てる」と申し出たのだ。

王は驚いた。「死の担保に牢獄《ろうごく》につながれる友人などいるものか」と。

ところが呼び出されたダモンは事情を知ると人質になることを承諾した。

「──どうせダモンは見捨てられる。王の取り巻きたちは嘲笑した。だけど日が沈む頃になると、フィンティアスは本当に戻ってきたんだ。その姿に人々は驚嘆した」

アンは呆気《あっけ》に取《と》られた。

シラクスとシラクーサ。ディオニスとディオニュシオス。ピュタゴラス学派についでは初めて聞くが、それ以外の大筋はよく知るものと変わらない。

「本当に『走れメロス』と一緒」

そう言われるのがわかっていたのだろう、もみじはにこりとして解説した。

「いまのは紀元前三世紀頃に活躍したイアンブリコスという人が残した話だよ。紀元前一世紀に活躍したディオドロスの本では王はディオニュシオス二世じゃなくて一世で、フィンティアスは本当に王を殺そうとして捕まったことになってる」

どちらが真実に近いかは不明だが『ダモンとフィンティアス』の物語は大きくこの二つの説から枝分かれしていくという。

「その後も古代ローマの政治家キケロ、プルタルコス、マケドニアのポリュアイノスと、二世紀頃まで見てもたくさんの人がこの物語について触れてるんだ」

聞いたこともない名前ばかりでほとんど覚えられなかった。

きょとんとしたアンの顔を見て、もみじはわかりやすく話してくれた。

「つまりね、いろんな人が後世に伝えていくと物語が少しずつ変わっていくんだ。大筋は同じでも設定や名前が微妙に異なる『ダモンとフィンティアス』が世界中で語られるようになる。そのひとつにヒュギーヌスという人が書いたものがある。登場人物の名前は、モエルスとセリヌンティウス」

「セリヌンティウス？」

「うん。そのヒュギーヌスの本を手に入れたのがドイツの詩人シラーだよ。当時、シラーは詩の題材を探してたんだ。そのことを友人に手紙で相談すると、友人がヒュギーヌスの本を送ってくれるんだ。その友人というのがなんと、あの『ファウスト』のゲーテだよ！　ゲーテは、うっ……」

急にもみじが胸を押さえ、背中を丸めた。

「もみじ君!?　どこか痛い？」

アンが慌てて起き上がると、もみじは息も絶え絶えに言った。

「シラーとゲーテの関係が本っ当に素晴らしくて……！」

「え？」

「ふたりは友人だったんだ、すごくない、ゲーテとシラーだよ⁉　シラーは劇作家として素晴らしい作品をたくさん残しててゲーテと一緒にドイツ古典主義を完成させたのはあまりに有名だよね！　そんな国民的な作家同士が十一年も手紙のやりとりしてて創作やプライベートの話が盛りだくさんの友情の証《あかし》が書簡で残っててしかも出版されて本になってってあ〜っ、ずっと話したい！」

一息にまくし立てると少年はぎゅっと唇を結び、大きく息を吐いた。

「ごめん。もう大丈夫、これ以上脱線しない…………話を戻そう」

本に関することとなるとこの調子である。

とても大丈夫には見えなかったが、幸いもみじは話を戻してくれた。

「ヒュギーヌスの本をもらったシラーは、半年後の手紙でこの本のおかげで幸福がもたらされたと書いてるよ。数日後には完成した原稿をゲーテへの手紙に同封してる。そして一七九九年、この作品は文芸誌で発表されたんだ。暴君の名前はディオニス。主人公モエルスはドイツ語の発音に読み方が変わる——モエルスからメロスにね」

「メロス！『走れメロス』ってもとにした作品と名前まで一緒なの！」

驚くばかりだった。ストーリーから登場人物の名前に至るまで、太宰はシラーの作品をそのまま使って書き上げていたのだ。そしてその事実はきちんと文末に記されている。〝古伝説と、シルレルの詩から。〟と。

短い文に長い歴史と壮大な物語が秘められていたことに感嘆の息がもれた。

「私、なにも知らなかった。『走れメロス』が太宰治のオリジナルの作品じゃないことも、大昔から伝わる物語があったことも」

「英語圏では『ダモンとピュティアス』という名前で知られてるんだけどね。ふたりの名前は固く結ばれた友情を表す言葉として使われてるよ。海外の映画や小説を読むと、たまに『ダモンとピュティアスのように』って言葉が出てくるんだ。そういうとき、この物語を知ってるとちょっと嬉しい」

もみじは夢を見るような眼差しで言葉を継いだ。

「ダモンとフィンティアスの友情はピュタゴラス学派の教えに基づくものだけど、シラーとゲーテというふたりの文豪の友情からヒュギーヌスが見いだされ、太宰と檀のエピソードに繋がった。そう思うと、すごく不思議な気持ちになるんだ」

紀元前から伝わる友情をめぐる物語。実際にあったかもしれない出来事が何世紀も経て新たな友情を育み、遠く離れた日本で親しまれる物語となった。

「本当に不思議」

アンが呟くと、もみじはにこりとした。

「これで本題に入れるね」

「本題？　……あっ！　『走れメロス』に新しい読者を探してたんだった」

壮大な話にのまれ、すっかり目的を忘れていた。

迷宮の少年は夜空のハンモックに横たわったまま言った。

「シラーの『人質』と『走れメロス』を読み比べてみて。太宰が典拠にしたのは改造社の『新編シラー詩抄』だといわれてるけど、手に取りやすいのは『世界文学大系』や『手塚富雄《てづかとみお》全訳詩集』かな。太宰治がどんなふうに物語を変えたかわかれば、新しい読み手を探す手がかりになるはずだ」

4

目を開けると、ぶ厚い専門書があった。

遠くから車の走行音や話し声が響く。古い紙とインクの匂い。図書室の時計の針は最後に目にしたときから数分しか進んでいない。

迷宮と現実では時間の流れが異なる。まさに夢から覚めた感覚だ。

アンは大きく伸びをして、シャープペンを取った。

　忘れないうちにもみじが教えてくれた書籍名と役立ちそうな話を書き出す。それから館内の蔵書検索で配架を確認して本を集めてまわった。途中、図書室の大テーブルから脚が飛び出しているのを見てぎょっとしたが、すぐに状況を理解した。

　高見が一列に並べた椅子を寝床代わりにして高いびきをかいている。玄関口でリッカに怒られてから数時間経つが、あれからずっと寝ているのだろうか。

　うーん、図太い。

　半ば感心しながら忍び足で目当ての書籍を手に図書室をあとにした。たまにしか来ない来館者を待ちながら受付で『世界文学大系　シラー』を開く。概要は聞いていたがページを捲って驚いた。

「『走れメロス』って、本当にもとのバラードと一緒なんだ」

『人質』のバラードは主人公メロスが王の暗殺に失敗した場面から始まる。捕らえられた主人公は妹に夫を持たせてやりたいと三日の猶予を申し出て、親友を残して旅立つ。帰り道では大雨と濁流に道を阻まれ、強盗に襲われる。

　短文で展開するバラードは疾走感に溢れていた。迫りくる濁流や強盗にもメロスは「友のために」と果敢に立ち向かい、家の忠僕フィロストラトスに「もう間に合わない」と引き留められても、親友を救えないときは共に死のうと誓う。片時も親友を忘れず、愛と誠のためにと走る主人公は恰好がいい。

それに比べて太宰の『走れメロス』はといえば。

「なんか、かっこ悪くなった？」

『走れメロス』の文庫本を手に眉を顰めた。

太宰のメロスは感情豊かで、川を渡るときも山賊のシーンも迫力たっぷりだ。心情の描写が丁寧で、読んでいてハラハラドキドキする。反面、言い訳が多い。死ぬために走る自分を思う時間が長く、身代わりの友人のことはさして思い出さない。走る理由も正義のためだったり、もっと恐ろしくて大きなもののためだったりする。

中学で読んだとき、『走れメロス』は間違いなく友情の物語だった。友のために走るメロスと友を信じて待つセリヌンティウス。どちらも素晴らしい人だった。ところがいま読む『走れメロス』はまったく別の物語に感じられる。

当時の感動と現在の感情が乖離《かいり》して、脳が揺れるような感覚を味わった。

原因を考えてみるが、考えれば考えるほどわからなくなる。

「——い。おい」

不意の声に顔を上げると、受付カウンターを挟んで高見がいた。

「大丈夫か。すごい顔してるぞ」

その言葉で眉間や奥歯に力がこもっていたことに気づいた。

高見はアンの顔から手元の文庫本に目をやり、得心した様子になった。

「なんだ、本に感情移入しすぎたか。腹でも下してるのかと思った」

ははは、と笑われ、アンは面食らった。

急に声をかけてきたと思えば、信じられないくらいデリカシーがない。

「宿題か？」

「……まあ」

「どういう宿題？」

興味津々といった様子で高見が笑う。狐目をいっそう細めるその顔はうさんくさい。

やっぱり苦手かも。

できれば放っておいてほしいが青年が去る気配はない。アンは渋々口を開いた。

「この本を誰かに読んでほしいんですけど、どんな人に薦めたらいいかわからなくて」

「籾も昔そんな遊びやってたな」

「セージさんが？」

尋ね返してからセージと高見は幼なじみだと思い出した。ふたりが仲良くする姿は想像できないが、少なくとも過去のセージを知っているのは本当らしい。

「その本『走れメロス』か？　薦めにくいよなあ、俺もガキの頃課題で読まされたけどお子様向けのきれい事で退屈だった」

「いい話ですよ」

反射的に言い返すと、高見は首をひねった。

「じゃあ、なんであんな顔で読んでたんだ？」

そこを突かれると痛い。アンは肩を落とした。

「いい話だって思ってたんです。友人のために走る人と信じて待つ友人の友情の物語。だけど……いま読むとメロスは友だちより別のことに気を取られてるように読めて。ネットだとメロスは走ってないって言われてるし、作者の太宰治は友だちのために走らないし、いろいろ知ったらいろいろ引っかかって」

「待った待った、なんの話だ」

こんな話をしてもしかたない。そう思いながら話すのをやめなかったのは、すっかり行き詰まっていたからだ。

メロスは走った、と心から感じてくれる読み手を探さなければならないのにアン自身手放しでそうだとは思えなくなっていた。こんな気持ちでは本を薦められない。

アンはぽつぽつと太宰の熱海旅行の経緯を話した。『走れメロス』の直接のもととなったシラーの『人質』についても明かす。

「『人質』の主人公は正義の人って感じがするんです。真剣に友だちのことを思って迷わず走ってて、読み終わったときスカッとしました。でも『走れメロス』だと投げやりになったり、ふてくされたり。

「かっこ悪いです、メロス」

端的にまとめると、高見が吹き出した。

「ちょっと見せろ」

言いながらアンの手から文庫本を引き抜く。これにはアンのほうが驚いた。

「読むんですか？」

「読んでくれるヤツ探してるんだろ？」

「そうですけど、あの、でも」

私、『走れメロス』褒めてないよね!?　いまの話聞いて読みたいって思う？　悪い点しか話してないし、ていうかひねくれ者の高見さんが読む――――絶対だめだ。

「やっぱり読まなくて大丈夫です！　もう少し自分で考えますから」

「そうしろ。俺は読むけど」

「なんで!?　そ、それならせめて『走れメロス』のいいところを――」

「あーそういうのいいから」

高見はうるさそうに手をひらひらさせ、受付を離れた。

「待ってくださいっ！」

慌ててカウンターから出ようとしたが遅かった。高見の姿はあっという間に廊下に消え、パタン、と図書室のドアが閉まる音が響く。

アンは呆然《ぼうぜん》として、膝から椅子に崩れた。

力尽くで本を奪い返すのは不自然だろう。あれこれ訊かれて図書屋敷の秘密に感づかれるほうがやっかいだ。

「どうしよう、貸していい人だったのかな」

あの高見だ、きっとひねくれた読み方をする。しかし、もしかしたらアンとは違う目線で作品に触れ、魅力を発見してくれるかもしれない。

なんといっても仕事をサボって図書屋敷で寝ている高見だ。やるべきことを放り出してぶらぶら過ごす姿は太宰の描くメロスに通じるところがあるではないか。

「そうだ、セージさんも自分ならメロスっぽい人に貸すって言ってたし」

案外、高見さんは自分とメロスを重ねて感激してくれるかも！

そうだそうだ、とアンは自分を励ました。そして一瞬でもそう信じたことを反省することになる。

高見は十五分足らずで『走れメロス』を放り出し、館内をぶらついていた。アンが気づいたときには旅行の本棚の前でヤンキー座りをしてガイドブックを読みあさっていた。

「貸す人、間違えた」

ひと気のない廊下の隅でアンは頭を抱えてしゃがみこんだ。

数時間後、気落ちしたアンが受付業務をしていると高見がやってきた。

「やー驚いたね。『走れメロス』は道徳の授業向けの安っぽい話だと思ってたが違うな。こんな情けない男の話だったとは知らなかった」

楽しんでいないのはわかっていたが、面と向かって言われると堪える。

「情けないですか」

「ああ、メロスは自分のことしか考えてない。腹が立ったからって王を殺そうとして、約束に間に合わないと思うと理屈をこねて自分を正当化しようとする」

高見が『走れメロス』の文庫本をカウンターに置いた。

「自分を鼓舞するセリフも相当イタいぞ。勇者だ正義の使徒だの言って、そのくせ人質の友人を心配する描写はほとんどない。クライマックスでようやく『その男のために走ってる』とか言うが、誰のせいでセリヌンティウスは磔《はりつけ》になるんだって話だよ」

「で、ですけど、ちゃんと間に合いますよね。ラストも感動的だし！」

声の調子を明るくして面白かったところにも注目してもらおうと試みる。

しかし高見は、ハッ、と笑った。

「メロスの従僕フィロストラトスをセリヌンティウスの弟子って設定に変えてか？　王様をわざわざ処刑場に登場させて最後に少女を追加したのも鼻につくね。両方とも『人質』では処刑場にいなかったろ？　ふたりの言動を見ればメロスを気持ちよくさせるためのヨイショ役だってわかる。群衆に賞賛させるのもそうだ。大げさな演出でお涙頂戴に仕上げてるんだよ」

ひねくれすぎじゃない!?　ていうか、やっぱり楽しんでくれてない！

アンは苦いものを噛みしめ、ふと気づいた。

「あの……読んだんですか？　シラーの『人質』」

一瞬、高見の表情が固まった。しかし気のせいだったのだろう。高見はいつもの飄々とした態度だった。

「読まなきゃ比べられないだろ。おかげで太宰治の作風を思い出したよ。『走れメロス』もちゃんと太宰らしいいやらしさがあるよな」

「そうですか……？」

「そうだよ。『走れメロス』は自己陶酔の物語だ。友人のために走る自分、理不尽や苦難に翻弄される自分。しまいには自分は不幸だ負けただのメソメソして。全部自分で蒔《ま》いた種じゃないか。惨めでかわいそうな自分に酔ってるだけだ。走るのも友のためじゃない、王様や町の連中に笑われるのが嫌で走るんだ。だから最後に赤面するんだよ」

流れるように飛び出す辛辣な言葉にアンは困惑した。

評価が厳しいからではない。高見の言葉は『走れメロス』を批判しているようで、別の誰かに向けられているように聞こえたからだ。

ていうか、すっごくまずい。

これほど悪いイメージで『走れメロス』を読まれてしまったら図書迷宮に影響が出る。

迷宮の〈メロス〉がどんな姿になったか考えただけで背筋が寒くなった。

どうにかメロスは走ったって思ってもらわなくちゃ。すごく感動的でハッピーな作品なんだねって高見さんに感激してもらわないと…………ってどうやって!?

もう打つ手がない、そう思ったときだった。

「――――陶酔でも、メロスは走りきった」

アンは目をぱちくりした。

走りきった？　いま、そう言った？

視線を返すと、高見は顔をしかめて億劫《おっくう》そうに話を続けた。

「シラクスってイタリアに実在する地名だろ。シチリア島の」

「イタリアなんですか？」

聞き返してからはっとした。『走れメロス』の源流となるダモンとフィンティアスの物語は現実にあった話かもしれない、ともみじが教えてくれたではないか。ふたりが実在するなら当然、モデルになった町も実在する。

高見は受付カウンターに浅く腰掛けて腕組みした。

「シラクスはシラクーサって呼ばれる町だよ。シチリア島といえばエトナ火山だろ？

ヨーロッパ最大の活火山。調べたら島の八割が五百メートル超えの高原地帯で、山脈は二千メートル級。石灰岩でかなり険しい土地だ。なあ、登山したことある？」

唐突な問いかけに首を横に振る。それを見た高見は声を低くした。

「すっげえキツいんだよ。登山靴でもヤバいのに古代人の靴って言ったらサンダルだろ。なめした革のペラペラの一枚、ソールなんてついてない。そんなので尖《とが》った岩場とか渓谷に入ってみろ、うっかりしたら岩で足が切れて血まみれだ」

アンは意外な思いで高見を見つめた。

作中の人がどんな靴を履いているかなど考えもしなかった。町や地形にしてもそうだ。高見が旅行のガイドブックを見ていたのはシラクーサやシチリア島のことを知るためだろう。シラーの『人質』にしても読む必要はない。そもそも本のタイトルを教えていないのだ。高見は作品を深く知るためにわざわざ調べたのだ。

「高見さん、すごく丁寧に読んでくれたんですね」

「ヒマだったからな」

高見はどうでもよさそうに答え、「まあ」と言葉を継いだ。

「もがいてたんだろうな。太宰治も、メロスも」

その横顔にアンは目を奪われた。

投げやりで皮肉屋の高見の顔に見たことがない感情が浮かぶ。苦さと自責。寂寥《せきりょう》感。

会社員としての責任と幼なじみへの複雑な思い。その複雑な心の機微を感じ取れるほどアンは人生を知らず、また高見という人を知らない。

大人が見せる表情の正体を見極めようとしたが、高見はいつもの調子に戻っていた。

狐目をいっそう細くして、意地悪そうに口の端を吊《つ》り上《あ》げる。

「『人質』のほうがカッコいいって言うお子様には難しいよな。人生の苦さも苦悩もまだ知らないもんな」

アンはむっとした。

「面白いですよ、『走れメロス』」

「いいや、まだ早いね。成熟が足りない。俺くらいの歳《とし》……いや、二十年後もう一度読んでみろ。心にずしっとくるから。けどいまの『面白い』も忘れんなよ」

そう言ってアンの髪をくしゃくしゃにした。

「わっ、なにするんですか!」

高見は愉快そうに笑って正面口へ歩き出した。アンが乱れた髪を手櫛《てぐし》で整える間にも狐目の青年は庭の緑にとけていく。文句を言いそびれ、アンは歯がみした。

髪ぐちゃぐちゃにするし、言いたい放題だし、しかもあんなに『走れメロス』のことボロボロにけなしておいて急にメロスは走ったとか。

「もう、わけわかんない!」

消化不良の感情が大きな声となって弾《はじ》けた。

§

その日の深夜。屋敷のどこかで真夜中を告げる時計の音が響いた。

ベッドを抜け出したアンは猫のワガハイと大扉をくぐり、図書迷宮に下りた。

迷宮はあいかわらず灰色だ。濃霧が漂い、なにもかも色褪せている。埃とカビと死。苔むした書棚と毛羽立った通路のそこここに形の崩れた幽霊が徘徊《はいかい》する。墓地のように陰気な迷宮だが、今日のアンは陰気さで負けていなかった。

はあ、と何度目かのため息をもらすと、ワガハイが背中の毛を逆立てた。

「辛気クサイため息はやめろ。ユウウツになるだろ」

「憂鬱だからため息ついてるの」

「なにがユウウツだ？」

「本を紹介する相手を間違えたの、よくない人に『走れメロス』読ませちゃった」

新たな読者を得て迷宮によい影響を与えるはずが、これ以上ないくらい辛辣な読まれ方をしてしまった。ひねくれ者の高見だ、その想像力で迷宮の〈メロス〉がどんな姿になったか、考えるだけでも恐ろしい。

高見さん、走りきったとは言ってくれたけど……その前のコメント厳しすぎ。

「はあ。絶対全力で走る友だち思いの〈メロス〉になってない。もっと変な人になってたらどうしよう。失敗したなあ、やだなあ」

愚痴ってからアンははっとして口許《くちもと》を押さえた。

司書の想像力は迷宮を守るためにある。絨毯を蝶に変えたり空を飛んだり、想像すれば魔法のような力が使えるのだが、叶《かな》えられるのはポジティブなものだけではない。失敗したらどうしよう。こうなったら嫌だな。そんな不安という名の未来への悪い期待も叶えられてしまうのだ。

「どうした、キョロキョロして」

「いま愚痴っちゃったから。私の不安のせいではちゃめちゃ変人になった〈メロス〉が来たらどうしよう」

周囲を見回しながら訊くと、足元を歩くぽっちゃり猫は鼻の上にしわを寄せた。

「司書の想像力は〈登場人物〉に影響しない。小娘ちゃんができるのは迷宮の管理だ」

「あっ、そうだっけ」

「これだから見習いぺーぺー子ちゃんは！　早く覚えてくれないとオレ様の苦労が絶えないね。だいたい一度の失敗がなんだい。小娘ちゃんは失敗しかしてこなかっただろ」

「……それ、励ましてるつもり？」

「優しいだろ?」

ケケ、と笑う猫に言い返そうとしたとき、ふうぬ、と熱い鼻息が通路を吹き抜けた。

「ウワサをすればだな」

ワガハイが後方を顎でしゃくるが、アンは通路の真ん中で棒立ちになった。

はちきれそうな筋肉にぴったりと張りつくゼッケン付きのユニフォーム。山のような大男が暑苦しく叫びながらやってくる――

ところがいつまで経っても雄叫《おたけ》びや軽快な足音は聞こえてこない。

怪訝《けげん》に思って振り返り、ぎょっとした。

いつの間にか、アンは荒れ地にいた。

ごつごつした白い岩が転がり、切り立った山肌にへばりつくようにして痩せた低木が茂っている。樹木が満足に生えない岩山は照りつける日差しに白く輝き、フライパンの上にでもいるかのような熱を感じた。あまりの熱さにワガハイが悪態をつき、アンの肩によじ登って地面から逃れた。

そこへ、ひとつの影が近づいてくる。

アンは目を凝らし、息をのんだ。

「ワガハイ、まさかあれ……」

「ああ、〈メロス〉さんだ」

耳元でしゃがれ声が答える。しかし、にわかに信じられなかった。

筋骨隆々とした大男だったはずの〈登場人物〉は小柄な男に変わっていた。

古代ギリシア人の平均身長を知らないアンにはその変化だけでも驚きだが、男の風貌はさらに衝撃的だった。

灼熱《しゃくねつ》の太陽で赤く焼けた肌。濁流で油分を失ったごわごわの髪。あばらの浮いた体は皮膚がつっぱり、汚れた服はボロ雑巾のようだ。水を吸ったサンダルの革紐《かわひも》は千切れ、泥まみれの爪先には赤黒い血が滲《にじ》んでいる。

ニャヒヒ、と猫が舌なめずりした。

「こりゃあいい、上質な想像力じゃないか」

男の乾いた鼻腔《びこう》からかすれた呼吸音がもれる。

男は真っ黒に汚れていた。乾いた泥が髪や髭《ひげ》にこびりつき、表情が読み取れない。憔悴《しょうすい》しているようだが、目だけがギラギラと燃えている。底光りするような強い目。

気迫におされ、無意識にアンの足が下がった。

男はアンに一瞥《いちべつ》もくれず横をすり抜けた。その眼差しは道の先を見据えている。まばたきもせず、痛めた足を引きずりながら街道を行く。

迷宮の〈メロス〉が通り過ぎると、切り立った岩場は書棚の通路に戻り、馴染みのあるじっとりとした霧と腐敗臭を感じた。

金縛りが解け、アンはその場にへたりこみそうになった。

〈登場人物〉の姿形は蔵書を読んだ人の想像力によって無限に変化する。理解したつもりでいたが、とんでもない。

「読む人によってこんなに違うの」

これが『走れメロス』。高見さんが見た、小説の世界。

音、空気、熱。怖いくらいの生々しさにあてられ、まだ全身が鳥肌立っている。

通路の先に目をやると、険しい岩場を超えていく〈メロス〉の背中があった。壊れた靴。疲労困憊《ひろうこんぱい》の体。厳しすぎる山道と灼熱の太陽。なにもかもが〈メロス〉の敵だ。

そして、旅の終わりに待つのは死のみ。

これから処刑される恐怖に足が竦《すく》み、体が震える。歩みは遅遅として進まず、立ち止まっては絶望を吐き出すようにあえぎ、己を鼓舞しようと拳で体を打つ。

苦悩と自己憐憫《れんびん》に苛《さいな》まれる、長い道のり。数時間前までブランドのスニーカーを履いて肉体美を誇っていた姿が嘘のようだ。

「高見さんすごい、こんなに細部まで描けるなんて」

アンが興奮気味に言うと、猫はごろごろと喉を鳴らした。

「おもしろいだろ、ニンゲンの想像力ってヤツは」

ワガハイは自分のことのように得意げに尻尾を揺らした。

「これこそ読書の醍醐味《だいごみ》だね。読むニンゲンの経験や知識、感性によって見え方が異なる。とくに『走れメロス』はその傾向が強い。ハアー、太宰はいいねえ。追い詰められたニンゲンの心情がよおくわかってる。だからこそ読み手の年齢や人生観で『走れメロス』の印象は無限に変わるのさ。この作品の最大の魅力だな」

猫は金の目を輝かせ、うっとりとした顔つきになった。

「上澄みは極上のスープ、コトコト煮込んだ具材は人間性の塊。嚙めば嚙むほど味が出る。出汁《だし》の骨をかじるのもいいねえ。こんなにデリシャスな短編はそうない」

「よくわからないんだけど」

「ムキムキの〈メロス〉さんも、小汚い〈メロス〉さんも、どっちも最高ってことさ。本は自由なのさ」

アンは遠くに見える〈登場人物〉の背中を目で追った。

友情のためにひた走る姿に感動してもらってこそ、読み手はメロスが走ったと感じると思っていた。しかしそうではなかったのだ。

「メロスは走ったんだね」

険しい山道を不恰好《ぶかっこう》に歩み続ける男の背中が胸に迫る。アンでは決して描くことができなかった光景だ。

耳の奥に高見の言葉が蘇った。

——二十年後もう一度読んでみろ。けどいまの『面白い』も忘れんなよ。

私にもできるかな。

十五歳のアンと、三十五歳のアン。そのとき読む『走れメロス』はどんなふうに感じられ、どんな景色を見せてくれるだろう。

遠い未来に思いを馳《は》せ、胸が高鳴る。

「読書っておもしろいね」

自然と笑みがこぼれた。

知っている物語。けれど、知らない物語が未来で待っている。

§

翌日、午後三時。図書室の片隅で夏休みの宿題をしていたアンは壁掛け時計を見て片付けを始めた。昼夜逆転した生活を送るセージがそろそろ出てくる時間だ。

受付を覗くが青年の姿はなかった。返却された本が数冊あったので手続きを済ませて図書室を回りながら所定の棚に戻して行く。

迷宮に出現した『走れメロス』の世界を思い出すと足取りが弾んだ。

「不思議だな」

腕に抱えた本を眺めて改めて思う。本には文字があるだけで、音楽がついていなければアニメーションのように動くこともない。それなのに驚くほど豊かで鮮やかな世界が広がり、手触りや匂いすら感じることがある。

そんな本がここには何万冊とあるのだ。

本の数だけ世界があり、ひとつとして同じものはない。そう思うと、ずらりと並んだ書籍に圧倒された。

「もしかして、すごく贅沢な生活なのかも」

だけど月末にはここを離れるんだ――

そう考えたとたんに心臓がぎゅっとした。

東京に帰りたい。その気持ちに揺るぎはないが、胸がざわざわする。図書屋敷を去る日を思うと後ろめたさに似た恐れを感じた。

自分の心の動きにアンはびっくりした。

後ろめたいって、やましいことなんてなにもないのに、どうして。

その気持ちがどこから来るものか考えたが、よくわからなかった。だがひとつだけはっきりしたことがある。

「私、まだここにいたいんだ」

図書屋敷が好きだ。終わりの日があるのは寂しいが、そう思えるようになった自分のことは少しだけ好きになれた。

　返却された本を持つ手に力がこもる。

　アンは気持ちを新たに返却された本を戻して歩いた。

　背表紙のシールを頼りに所定の場所を探す。ここだよ、と言うように一冊分の隙間が空いた棚があれば、ぎゅっと密着して場所がわからない棚もある。難しいのは最上段の場合だ。アンは腕に抱えた返却本を棚の端に置き、つま先立ちになった。思いきり腕を伸ばすが、最上段に辛《かろ》うじて指が届く程度だ。

　しかたない、踏み台取ってこよう。

　そう思ったとき、本がひとりでに最上段に吸い込まれた。

　いつの間にか背の高い青年が隣に並び、本を収めるのを手伝っていた。

「高い棚の本は、受付に戻して。俺がやる」

　セージがぼそぼそと呟いた。ぶっきらぼうだが優しい声だ。

　アンは礼を言い、周囲に人がいないことを確かめてから囁いた。

「探してたんです、セージさん。迷宮の〈メロス〉に会いました？」

　こくり、とセージがうなずく。

「高見さんが読んでくれたんですよ。セージさんのアドバイスのおかげです。高見さんってすごいですね。あんな世界を思い描けるなんて」

「いいやつだ、口が悪いだけで……いや、態度も悪い。性格も」

厳しいことを言いながら、高見の話をするセージの表情はいつもより柔らかい。言葉にしなくても仲のよさが滲むようだ。

「高見は……心に描くものをストレートに言葉にできない。一言では言い表せない、自分で触れてみないとわからない…………そんな『走れメロス』みたいなやつだ」

「メロスっぽい人ってそういう意味だったんですか。てっきりサボり魔のことかと」

「それも間違ってない」

真顔で返され、アンは小さく吹き出した。それから青年が手にしたものに気づいた。

「この前の続きですか？」

セージは今日も本を携えていた。大きなバスケットを運ぶネズミが描かれた『ぐりとぐら』と、ケーキの写真に『今だから読んでほしい物語に出てくる楽しいお菓子の作り方』と書かれた本だ。

「……物語のケーキは、どうしてこんなにおいしそうなんだろうな」

セージが困ったような顔でほほえんだ。

ああ、やっぱりセージさんともみじ君は同じ人だ。

しゃべり方も容姿もまったく異なるふたりだが魂は同じだ。かわいいものが大好きで、書籍をこよなく愛している。

「アンちゃーん！」

そのとき遠くから声が響いた。開け放った窓の外で中年の男女が手を振っている。

アンははっとした。

「そうだ、庭でお茶する約束してたんだった」

日中は日差しが強いから夕方にしよう、とノト夫妻と約束していたのだ。

急いで残りの本を片付けようとすると、大きな手が先に本棚に積んだ返却本を取った。行っておいで、と言うようにセージが目顔でうなずく。

アンは礼を言って図書室をあとにした。


図書館の正面玄関にまわると視界いっぱいに緑が広がった。

若葉色に淡い黄緑、アイスグリーンの葉があれば濃いオリーブ色の植物が小径を彩る。萌葱《もえぎ》、若草、緑青、エメラルド、ビリジアン、モスグリーン。色も高さも様々な緑の波の中でアジサイやハマナス、名も知らない可憐《かれん》な花々が揺れる。

屋敷の前を飾るイングリッシュガーデンはため息が出るほど美しい。草木はきらきらと煌めき、草いきれが鼻腔をくすぐる。

アンは植物の間をすり抜け、ふたりが見えた地点を目指した。枝葉を揺らして小径を行くと「アンちゃんこっち」とノトが手を振った。

「遅くなりました！」

「いいのいいの。今日はまだ暑いね」

リッカが木陰に折りたたみのテーブルを出しながら言った。風が庭を渡り、植物がいっせいにさわさわと鳴った。

ノトが目を細めて風の匂いを嗅いだ。

「いい風だ。アンちゃんいい季節に来たよ。北海道の夏は駆け足だから」

「お父さんも早く来られたらいいのにね。入院が長くなって心配だよね」

リッカに水を向けられ、いいえ、とアンは小さく首を横に振った。

寂しいが、高校生になってそんなことを口にするのは面映《おもは》ゆい。それにホームステイの延長はリッカたちにとっては負担だろう。

「すみません、二週間の予定が八月いっぱいまで延びちゃって」

「なんもだよ。アンちゃんがいてくれて嬉しいよ」

リッカが明るく受け止め、ノトが優しい眼差しをアンに向けた。

「せっかく長くいられるんだ、予定を合わせて車で出かけようか。動物園行ったり、もいわ山ロープウェイで夜景見たり、ジンギスカン食べに行ってもいいね」

「支笏湖《しこつこ》もいいんじゃない？　きれいな湖でね、カヌーとかサップができるよ」

「夏らしくていいね。ああ、モエレ沼の花火大会は間に合うかな？」

夜景。湖。花火大会。次から次に飛び出す夏のイベントにアンは目を輝かせた。こんなに楽しそうなことがまだ手つかずで残っていたのだ。

「アンちゃん、どこに行きたい？」

「どうしよう、湖もいいし花火大会も気になるし……」

ノトが笑った。

「じゃあ、まず支笏湖に行って、スケジュール見ながら残りも回ろう」

「いいんですか！　だけどご迷惑なんじゃあ」

「アンちゃんがうちにすてきなものをたくさん運んでくれたから、ぼくたちも札幌のいいところを紹介したいんだ。一緒に来てくれるかな」

「はい！」

東京に帰りたいと思う気持ちが嘘のように吹き飛んでいた。ノト夫妻とセージと一緒に出かけられる。ドキドキするような一夏な冒険はまだ続くのだ。

そのとき、電子音が響いた。アンのスマホの画面に『お父さん』の文字と電話マークが表示されている。噂をすればなんとやらだ。

アンはノト夫妻に断って通話ボタンをタップし、スマホを耳に当てた。

「もしもしお父さ――」

『どうしよう！』

太一の叫び声が鼓膜に刺さる。アンは顔をしかめたが、太一はまくしたてた。

『大変だどうしようアン！　こ、こんなことになるなんて思わなくて、タイミングがいいっていうか悪いっていうか、なんでこうなったかな……！　だってまさかそんな』

「落ち着いて、お父さん」

『あぁ～～っ、どうしよう！』

「だから落ち着いてったら！」

『むりだよ殺される！』

アンは呆れた。太一はなんでも大げさだ。

文句を言おうとしたとき、イングリッシュガーデンの先に人影が見えた。大きなスーツケースを携えた人が律動的な歩みでこちらへ向かってくる。

その顔がはっきりと見えた瞬間、アンは瞠目《どうもく》した。

「え……？」

ありえない光景に目が釘付《くぎづ》けになった。そして太一の言葉が大げさでも偽りでもないことを思い知ることとなる。

崩壊の足音がスーツケースを引く音と共にやってきた。

二冊目

『国際版　少年少女世界童話全集』

Librarian apprentice at midnight

1

その人は美しかった。

ぴんと背筋を伸ばし、ヒールを鳴らして優美にスーツケースを引いて歩く。シンプルだが質のよいビジネススーツに身を包んだその女性は凛《りん》として、いかにも有能そうだ。

アンは庭の真ん中でスマホを耳に当てたまま、ぽかんと口を開けた。

目にしている光景が信じられなかった。

「千冬さん？」

思わず呟くと、隣に立つリッカが反応した。

「アンちゃんのお母さんの？」

うなずきながらまだ信じられない気持ちでいっぱいだった。

だって千冬さんは仕事で、上海《シャンハイ》で。札幌にいるはずない。

スマホから太一の声が響いている。アンは「ごめんかけなおす」と早口に言って通話を切った。顔を上げると千冬はあと数メートルの距離まで来ていた。

やっぱりお母さんだ！

「千冬さん！　どうしてここに、お仕事は？」

嬉しくなって駆け寄ると、千冬は困ったようにほほえんでノトたちに視線を向けた。

「能登ご夫妻でいらっしゃいますね。美原太一の妻、美原千冬と申します」

澄んだ声は歯切れ良く、アナウンサーのようによく通る。

「突然の訪問になってしまい、申し訳ございません。この度は娘のことで多大なご迷惑をおかけして大変失礼致しました」

「いいえ、お気になさらず」

「そうですよ、アンちゃんが来てくれてぼくたちも毎日楽しくて」

リッカとノトは気さくに応じるが、千冬は折り目正しい。

「親戚でもない方に何週間も子どもを預けるなんて、親として恥ずかしいかぎりです。誠に申し訳ございませんでした」

千冬が頭を下げると、ノト夫妻は鳩《はと》が豆鉄砲を食ったような顔になった。千冬の所作が洗練されていて王侯貴族があいさつしているみたいだったからだ。流れるように老舗有名店の菓子折を差し出して千冬が感謝を重ねると、夫妻は恐縮しきりになった。

ああ、やっぱり千冬さんだ。

千冬はなにをしても完璧だ。礼儀正しく、凛としていて恰好いい。アンが憧れるものをすべて持った、自慢のお母さんだ。

しばらくこっちにいられるのかな？

多忙な千冬がわざわざ北海道に来たのだ。数日は滞在できるかもしれない。ひょっとしたら太一が迎えに来る八月末のホームステイ最終日まで。

そう思うと嬉しくもあり、そわそわした。

千冬とはぎくしゃくした関係が続いている。未《いま》だに距離感が掴めない。それでも一緒にいられるのは嬉しかった。話したいことが山ほどある。図書屋敷のこと、セージのこと、年の離れた読書友だちのこと。時間はいくらあっても足りない。

だから、その言葉はあまりに唐突だった。

「アンは東京に連れ帰ります」

「え？」

驚いて千冬を見たが、千冬はノトたちのほうを向いたままだ。

「今日は私の泊まるホテルで過ごし、明日の飛行機で帰ります。お手数ですがお礼と費用についてお話ししたいので、ご都合のよいお時間をお教えいただけますか？」

「ま、待って千冬さ――」

「あとでね。大切な話の途中よ」

優しいが有無を言わせない口調で遮られ、アンはますます混乱した。

帰るって、なんで。急すぎるよ。

胸がざわざわした。ノト夫妻が「そんなに急がなくても」と口を揃えて言うが「家庭のことですから」と千冬はにべもない。

そのとき、木陰のテーブルに目がとまった。木漏れ日の下、コーディアルの瓶と氷の入ったグラスがある。放置されたグラスの表面には汗をかいたように水滴が浮いていた。それを目にした瞬間、苛立ちとも怒りともつかない感情が込み上げた。

ここでお茶をするはずだった。いつもみたいにテーブルを囲んで、おしゃべりして、楽しい時間を過ごすはずだった。

「――では失礼します。アン、荷造りしてきて」

「…………やだ」

「アン？」

嫌だ！　叫ぼうとしたのに、言葉は喉に貼りついて音にならなかった。千冬の目を見られない。こんなことを言ったら千冬はどう思うだろう。

でも、だけど言わなきゃ、ここは頑張らないと。

アンは両の拳を握りしめ、勇気を振り絞った。

「帰りたくない……です。私、まだここにいたい」

千冬は奇妙なものでも見るような目でアンを見つめた。

「急な話で混乱してるのね。あとで話しましょう」

「そうじゃなくてっ」

関心を失ったように千冬の視線が外れると、アンの中でなにかが弾けた。

「私、東京に戻らない。ずっとここにいる！」

「それは籾さんや能登ご夫妻の迷惑を考えた上で言っているのね？」

千冬のがっかりしたような顔を見たとたん、冷水を浴びせられたみたいに一瞬で全身の血の気が引いた。

小さい頃から千冬を落胆させてばかりだ。働き者で優秀な母からすればアンは手のかかる面倒な子どもだ。それも、太一の子どもなのに。

「あなたの話は必ずホテルで聞くから」

千冬が小さな子をなだめるように優しく言う。

アンは顔を上げられなくなった。千冬に対する苛立ち、子どもっぽい自分への恥ずかしさ、後悔。様々な気持ちがぐちゃぐちゃに混ざって、息苦しい。

無意識に耳に触れ、きつくつねろうとしたときだ。

「待った」

地の底から響くような低音がした。深く茂ったエルダーフラワーの陰からぬうっと痩せた青年が現れた。

人相の悪い青年が三白眼を光らせて低くうなった。

「俺、じゃなくて私、自分、籾で、この家の、なんというか、あれだ責任者、です」

セージさん、かみかみだ……。

「話は、そこで聞かせてもらいました」

セージがそばに来ると湿った土の匂いがした。出るタイミングが掴めず、長い間木陰にいたのだろう。纏う空気はひんやりとして、日差しで熱くなったアンたちのもとに涼を運んだ。

千冬は悪人面の青年に驚いたはずだが、そんな態度はおくびにも出さなかった。

「お目にかかりたいと思っていました。美原千冬です。このたびは娘がご迷惑をおかけしてしまい、申し訳ございませんでした」

「迷惑じゃないです」

セージは言葉少なに、きっぱりと言った。勢いがついたのか、その口調は普段よりなめらかになった。

「自分たちは太一さんと話し合ってお嬢さんを預かると決めました。謝ってもらうようなことはなにもないです。お嬢さんが迷惑だったことなど、一度もありません。どうぞ太一さんが迎えにくる最終日まで、自由に過ごしてください」

「そう言っていただけるなら気持ちが軽くなります」

じゃあ、まだここに？

アンは表情を明るくしたが、「ですが」と千冬は続けた。

「私はホームステイに賛同しかねます。美原の提案は非常識です。親族でもない方に娘を預けるなんて。事前に知っていれば必ず止めました。泊めていただいたことには心から感謝いたしますが、これ以上ご厄介になるわけにはいきません」

まっとうな答えだ。ノトとリッカも理解を示すようにうなずいている。

良識のある大人なら誰もが千冬のように考える。高校生のアンでもそれが正しいとわかっていた。人に迷惑をかけない。あたりまえのことではないか。

だが、その人は違った。

「迷惑だとか非常識だとかは、どうでもいいです」

青年の声に滲むわずかな怒りを感じ取ったノトが目をぱちぱちさせた。

「セージ君？」

「アンさんは『帰りたくない』と言った」

ノト夫妻がはっとした顔つきになったが、千冬は怪訝な様子だ。

「どういうことでしょうか」

「このホームステイの主役はお嬢さんです。常識や普通かどうかは、お嬢さんの気持ちより重要ですか」

「…………私がアンの気持ちを軽んじていると？」

ピシッ、と空気が凍りつく音が聞こえるようだった。

千冬の冷たい眼差しを浴びてもセージは無言だ。どう答えようか考えているのだろうが、きつい三白眼のせいで陰鬱に睨《にら》み返しているように見える。

緊迫した空気が流れる中、「まあまあ」とノトがのんびりと言った。

「せっかく遠いところいらしたんだ。お疲れでしょうし、アンちゃんとゆっくりしてってください。お茶を一杯飲んだって明日の飛行機は逃げないですよ」

温厚な笑顔が緊張した空気を和らげる。千冬は小さく息をついた。

「おっしゃるとおりですね。少し性急でした」

あとで話しましょう、とアンに言い、ノトに視線を戻した。

「美原からホームステイの様子を聞いていますが、もしよければ、みなさんからも伺えますか。金銭のお話もあるので娘とは別の席で」

「ええ、もちろんです」

「ありがとうございます。申し訳ないのですが、その前に本社にメールさせてください。そちらの建物をお借りします」

言うが早いか、千冬がスーツケースを引いて図書館へ歩き出した。その背中にノトが声をかける。

「電波入らないんですけど大丈夫ですか？」

カクッ、と千冬の歩調が乱れた。

「いやあ、図書館のルールでスマホやケータイの利用を遠慮してもらってるのもあるんですが、そもそもあの建物はネットの接続がよくないんですよ」

「ご冗談を」

「母屋使ってもらおうよ。ダイニングなら通信びゅんびゅんだよ」

リッカの提案にノトはうなずいた。

「そうだね。仕事で使うならダイニングより個室だ、客室がいいね」

「お茶も庭じゃ椅子が足りないね。母屋にしようよ。なんなら晩ごはんも食べてってもらってさ」

「うんうん、アンちゃんと積もる話もあるだろうし。帰りは車出せばいいね」

そうだそうだそうしよう、と夫妻がうなずく。

ネットを使いたいと言っただけで個室をあてがわれ、夕食と送迎までつく。さすがの千冬もやや慌てた様子で夫妻の会話に割り込んだ。

「すぐ済みますので。玄関先をお借りできれば充分です」

「そうですか？　遠慮しないでなんでも言ってくださいい」

固辞する千冬を連れてノトが籾家の玄関へまわった。リッカがアンを振り返った。

「ちょっとお母さん借りるよ。アンちゃん、水分補給してね。でも飲み過ぎちゃだめだよ、すぐお茶にするから」

明るく言って「セージ君も行くよ」と青年を急《せ》かす。

大人たちが行ってしまうと庭の静けさが耳についた。日差しも風の音も変わっていないのに急に心細さを感じた。

「これからどうなっちゃうんだろう……」

そのとき、スマホが鳴った。びっくりして画面を見ると『お父さん』の表示がある。

アンは飛びつくようにして画面をタップし、スマホを耳に当てた。

「もしもしお父さん⁉　大変、千冬さんが来てる！　札幌にいるの！　いますぐ荷造りしなさいって、東京に連れ帰るって！」

堰《せき》を切ったように言葉が溢れた。アンは木陰に移動するのも忘れ、夢中で状況を伝えた。話を終えると、太一が口を開いた。

『そっか……まさかとは思ったけど、やっぱりそうなったか』

やっぱり？

そのときになって太一がまったく驚いていないことに気づいた。そもそも泡を食って電話をしてきたのは太一のほうではなかったか。

――むりだよ殺される！

千冬がやってくる直前に聞いた言葉を思い出し、アンは声を低くした。

「お父さん、千冬さんがこっちに来るって知ってた？」

『へ？　ま、まあ』

「やっぱりってなに。私を迎えに来るのはお父さんで、月末だよね？　なんで急に千冬さんが来たの？」

『それは……あー……で、だから……ほら』

「もう！　聞こえない！」

『だから、伝えてなかったんだ！　アンが籾さんの家にいるって！』

アンはあんぐりと口を開けた。

「嘘でしょ、千冬さんにホームステイの話はしたよ。アンだって千冬さんに連絡してただろ？』

『ホームステイの話はしたよ。アンだって千冬さんに連絡してただろ？』

たしかにそうだ。図書屋敷に来てから、今日はこんなことがあったと毎日のようにSNSで千冬に知らせていたのだ。しかしわからない。

「じゃあ、なにを話してないの？」

『……籾さんのこと。アンが行くおうちはなんていうか……えーと、とってもいいかんじにフレンドリーでファミリーでブラザー的な？　お父さんの親戚っぽいアレで』

「親戚！　見ず知らずでしょ」

『だ、だって昔一回遊びに行った人のうちにアンを預けるって言ったら千冬さん怒るだろ？　そんなこと知ったら絶対むりして上海から飛んで帰ってくるよ。やっと大きなプロジェクトがまとまりそうだって、すごくがんばってるのに』

「…………」

『だから昨日千冬さんに電話したときも、お父さんの退院延びたけどアンはちゃんとやってるよーって話したんだ。その流れで籾さんの話になって、ポロッと言っちゃったんだよね。そしたら千冬さんもうカンカンで。全然電話出てくれないし、上海の会社に連絡したら休みだって言われるし、これは札幌に突撃したんじゃないかなあって。あれ、アン？　聞こえる？』

「…………」

『アンちゃん？　もしもーし、アンちゃーん？』

アンは長々とため息をつき、一言呟いた。

「お父さん殺されるよ」

ひええっ、と悲鳴があがったが、同情する気持ちは一ミリも湧かなかった。

§

午後四時。アンは〈モミの木文庫〉の受付カウンターの天板に頰をつけて正面口を眺めた。館内はひんやりとしているが、扉の向こうは夏の日差しに白く輝いている。夕方の時間帯になっても真昼みたいだ。カチ、コチ、と時計が時を刻む音があたりに染みる。千冬が母屋に入ってから半時が過ぎようとしていた。

太一との電話を思い返すと、怒りよりも呆れが勝った。

千冬には包み隠さず話していると思っていたが、父のお調子者ぶりを忘れていた。真相を知った千冬が泡を食って札幌に飛んできたのもむりもない。

もっとも、太一だけを責めるのは酷だろう。アンが図書屋敷に来ることになったのは迷宮の悪魔との契約が関わっているからだ。

十数年前、太一は〝子どもが生まれたら迷宮で働かせる〟と約束してしまったのだ。本人は夢だと思っているのだろうが魔法の契りは絶対だ。その力によってアンが屋敷に来ることは運命づけられていた。

「って、やっぱりお父さんのせいじゃん」

マイペースの父が起こした問題の渦中にいると再認識し、ため息も出なかった。

ひんやりとした天板に額をすりつけ、正面口をぼんやり眺める。

「帰りたくないわけじゃなかったんだけどなあ」

あと二週間あると思った。司書の仕事の面白さがわかってきて、友だちとおしゃべりしたり、セージたちに本のことを教えてもらったり。湖に遊びに行く約束もした。二週間。目いっぱい楽しい夏休みになる――――そう思った矢先、千冬にいますぐ帰ると言われ、カッとした。楽しい時間を邪魔されたように感じたのだ。

お母さんに会えて嬉しい。東京に帰れて嬉しい。その気持ちも本当なのに、つまらないケンカをしてしまった。

カチャッ、と音がして母屋とつながる内扉が開いた。

「ああ、アンちゃん。こっちにいたんだ」

リッカがやってくるのを見てアンはぱっと上体を起こした。

「話し合いどうなりました？」

「あのあと太一さんから電話があって、お母さんを説得してくれたよ。ホームステイは予定どおりでいいってさ」

「じゃあ東京に戻る話はなくなったんですね！」

「そうだね。ただ……」

リッカにしては歯切れが悪い。その様子でよくない話があるとわかった。

「お母さんから条件がついたんだ。もしアンちゃんの滞在中に問題が起きたら」

――もしアンの滞在中に問題が起きたら、ホームステイは打ち切り。即刻東京に連れて帰ります。

リッカの声にきっぱりと言い放つ千冬の声が重なった。

「……千冬さん、怒ってました？」

「そんな感じはなかったよ。もっと話せたらよかったんだけど、お母さんの会社から電話が入ってね、仕事のトラブルでさっきホテルに戻ったところ」

「えっ、ひとりで帰っちゃったんですか？」

「緊急だって。アンちゃんに何度も電話してたからスマホにメッセージが入ってるはずだよ。あとでお母さんに連絡してね、心配してたから」

スマホは図書館に来る前に部屋に置いてきてしまった。

屋敷の敷地《しきち》は広大だ。連絡がつかず、どこにいるかわからないアンを探すのは難しいと判断し、千冬は後ろ髪を引かれながら帰ったという。

「二、三日はこっちでホテルを取るそうだから、会いに行くときは車で送るよ。お母さんうちに泊まってくれたらいいのにね」

リッカの声は途中から耳に入らなくなった。千冬が顔を見ずに帰ってしまった事実がちくりと胸を刺す。

千冬さん、やっぱり納得してない。怒ってるんだ、私と話したくないから会わないで帰っちゃったんだ――

卑屈になったとき、アンの肩に手がのった。

いつの間にかアンの座る椅子の横にリッカが立っていた。

「外国から飛んでくるなんてすごいお母さんだ。アンちゃんが本当に心配なんだね」

アンは力なく笑った。そこが問題なのだ。

「心配させてばっかりなんです。千冬さん、仕事大変なのに」

「アンちゃんもお母さんが心配なんだね」

リッカは受付カウンターの天板に寄りかかった。

「嫌だったら聞かなかったことにしてほしいんだけど、お母さんを『千冬さん』って呼ぶのは理由があるの？」

「それは……………お母さんって呼ばれたくないみたいだから。千冬さん、私を産んだお母さんじゃないんです。私が小学生のときにお父さんと結婚して」

「ああ、再婚なんだ。いろんなおうちがあるよね」

さっぱりした返答にアンは少し面食らった。

再婚だと話すと、決まって気まずい空気になる。腫れ物に触るような態度を取られたり、あからさまに同情されたりもした。初めはなんとも思わなかったアンも気の毒そうな視線を浴びるうちに居心地が悪くなった。

再婚って、よくないことなのかな。

いつからか話題にすることを避け、話すときは心を硬くするようになっていた。ところがリッカは事実だけを受け取り、天気の話でもしているみたいに自然体だ。

その様子にふっと肩の力が抜けた。緊張が解けると、遠慮して胸にしまってきた想いがするすると言葉になった。

「千冬さん、すごいんです。カッコよくてきれいで、大きな仕事も任されてて。うちのこともなんでもできちゃうんです。料理おいしいし片付け上手だし、あと算数！　計算のやり方も難しい数式だってわかりやすく教えてくれて」

アンは目をきらきらさせた。お母さんのすごいところは山ほど知っている。家事は太一と分担しているが、千冬はどんなに忙しくて疲れているときも投げ出さない。家の中を居心地よく整え、隅々まで目配りしている。

そんな千冬のことがアンはすぐに大好きになった。こんなにすごい人がお母さんなんて夢みたいだった。だが学年が上がるにつれて別の感情を抱くようになった。

こんなにすごい人に面倒みてもらって、私はなにが返せるの？

千冬は多忙だ。会社に必要とされ、ひっきりなしに連絡が来る。昼夜問わず働く背中を見るうちに算数を教えてもらうことにも、ごはんを作ってもらうことにも引け日を感じるようになった。その時間があれば千冬はもっと有意義なことができるはずだ。

「千冬さん、お願いするとなんでもしてくれるんです。宿題見てくれて、ほしいもの買ってくれて、疲れてても一緒に出かけてくれるし」

しかし本心からそうしたいのか。太一の娘だから気を使っているのではないのか。

自分が平凡で特別な才能もないと気づいたとき、その感覚は強くなった。

「千冬さんにむりさせてる気がするんです」

――――私はじつの子じゃないのに。

言葉が喉まで出かかったとき、どん、と力強く背中を叩《たた》かれた。

びっくりして顔を上げると、リッカは真剣な目をしていた。

「千冬さんが心配するのは、アンちゃんがすてきな子だからだよ。どうでもよかったらこんな遠くまで迎えに来るもんか」

「でも私、庭であんなふうに千冬さんを怒鳴って。……きっと嫌われました」

リッカは目をぱちぱちさせ、声をたてて笑った。

「それは成長。アンちゃんはしたいことをしたいって言ったんだ」

「成長……？」

「そう、とってもいいことだよ」

アンは首をひねった。リッカの言うことがよくわからない。

「だけど問題があったら連れ帰るって条件出したんですよね？　千冬さんは私が問題を起こすって思ってます」

「それはアンちゃんじゃなくて、うちに対してだよ。お母さんは私たちを信用していいか迷ってるんだ。大丈夫、明後日晩ごはんに誘ったからみんなで食べよう。お母さん来てくれるって。おいしいものを食べながら話したらわかってくれるよ」

リッカは請け合った。力強い笑顔を見ていると本当にそうなる気がしてくる。

「そうですよね……ありがとうリッカさん」

「なんもだよ。さあ、遅くなったけどおやつにしよう。今日のお菓子は豪華だよ」

アンは受付に不在の札と呼び出しボタンをセットして、リッカと内扉をくぐった。

お茶の前に部屋にスマホを確認しに行くと、千冬からの複数の着信と一通のショートメールが届いていた。

『明日の午前九時、札幌駅近くの植物園前に来て』

「こ、これは……」

明日話し合おうって意味？　それとも東京に帰るって説得する気？

意図の読めない呼び出しにアンは頭を抱えた。

2

翌日。アンは九時十分前に植物園の正門に着いた。一番きれいなワンピースを選び、ふわふわとした癖毛は編み込んでヘアピンで飾った。

ドキドキしながら待っていると千冬は約束の時間きっかりに現れた。今日もびしっとスーツを着て、背筋を伸ばして歩く姿が絵になる。

「昨日はごめんなさい、話す時間が取れなくて。じゃあ、行きましょう」

あいさつもそこそこに移動しようとしたので、アンは慌てて口を開いた。

「あの千冬さんっ、今日はその、どういう用事で……？」

千冬は目を瞬《しばたた》いた。

「あなたの話を聞くと約束したじゃない。それに少し観光もできたらと思って」

そっちかあ！

深刻な話し合いになるのでは、とどぎまぎしていた自分がばからしい。

「行きたいところはある？」

「え？　ええっと」

札幌駅周辺はさっぽろテレビ塔、赤れんが庁舎、時計台、大通公園と観光名所が目白押しだ。リッカとノトに何度か連れてきてもらったので土地鑑が少しある。千冬より長く札幌にいるのだから、すてきなところに案内したい。

観光地もいいけど、スイーツもアリだよね。でも植物園前にいるし、ここは？　たしか歴史的な建物とか博物館もあるってノトさんが言ってたような。

ここがいいかも。そう思い、提案しようとしたときだ。

「アン、公園好きよね。特に希望がなければ植物園に入ってみない？」

「へっ!?」

驚きすぎて声が裏返った。千冬が首を傾げた。

「別の場所がよければそっちに行きましょう」

「う、ううん！　私もここがいいなって思ったところ……」

そう、と千冬はポケットから植物園のチケットを二枚取り出した。

「チケットよ。虫除《むしよ》けと日焼け止めもあるから使って」

アンは目をまん丸にして差し出されたものを見た。言う前からすべてが揃っている。さすが千冬である。

「そういえばお仕事大丈夫？　トラブルがあったって聞いたよ」

「あなたが気にしなくていいのよ」

「うん……」

仕事の詳細が聞きたいわけではないが、母を気遣う気持ちまで一言で切られたようで少し切ない。虫除けと日焼け止めを塗り、植物園に向かった。

入り口は三角屋根の白い建物の軒にあった。色褪せた園内の看板や薄暗いゲート、そこここに古さが漂う。入場料が良心的なのは小さな植物園だからだろう。

そんなことを考えながらゲートを抜け、アンは目を疑った。

一瞬で別世界に来たみたいだった。

「驚いた。広いのね」

千冬が感心したように呟いた。

アスファルトの熱は失《う》せ、澄んだ空気に濃い緑の匂いが漂う。

赤茶色のなだらかな道に芝の大地が広がり、太い幹のどっしりとした針葉樹が並ぶ。大きな枝葉が屋根のように広がり、濃い影を作っていた。駅に近く、商業ビルやホテルが立ち並ぶエリアのはずだが、園内は信じられないほど広大だ。

小径を進むと、木造の二階屋が現れた。この植物園の開園に尽力した学者の名を冠した建物で、館内にはゆかりの品が収められていた。建物の横には札幌最古のライラックが植えられ、その来歴が紹介されていた。

植物園の歴史に始まり、植物の解説や歴史、文化的背景などの立て札がそここにあり、歩くだけでも面白い。じっくり見て回るには四、五時間はかかりそうだ。

「大きい木だね」「この植物初めて見た」「あっちに花があるみたい」ぽつぽつと言葉を交わしながら灌木《かんぼく》園からライラックの並木へと散策する。めがね橋で折り返して自然林のエリアに入ると、ひんやりとした空気が濃くなった。

北海道の原生林を残したエリアは細い枝葉が幾重にも茂り、真夏の日差しを柔らかな木漏れ日に変えた。汗ばんだ肌に木陰の涼が心地よい。高原のように澄んだ風と小鳥の囀《さえず》り。植物の色は東京よりも淡く、ひとつ前の季節を思わせた。

「こんなに自然がたくさん……町の中って忘れそう」

「この風景が先にあって、あとから町ができたのね」

千冬の言葉にはっとした。アンにとって高層ビルやマンションが当たり前の風景だ。しかし高層建築も古い家屋も道路も、すべてこの自然林を拓《ひら》いて造られたのだ。途方のない時間と労力を思い、感嘆の息がもれた。

しばらく歩くと、木々の向こうに建物が現れた。ライムグリーンの木造二階屋と箱のような形のかわいらしい家がいくつかある。

重要文化財群のエリアには国内最古の博物館建築をはじめ、移築された宣教師の邸宅などが展示されていた。どちらも十九世紀末に建てられたものだが不思議と親しみを感じる。板の張り方や入り口の意匠が図書屋敷と似ているからだ。

〈モミの木文庫〉って、この建物と同じ時代に建てられたんだ。

屋敷は百年以上前の建物だと聞いていたが、同時代の建築物が文化財に指定されているのを見ると不思議な心持ちになった。

「そろそろ行きましょう」

夢中で建物を見ていたアンは千冬の声で我に返った。

しまった、私だけ楽しんでた！

せっかく千冬と出かけているのに、ほったらかしにしてしまった。話らしい話もまだできていない。アンは思い切って言った。

「あ、あの千冬さんっ！　まままだ時間ってありますか？　お茶かスイーツでも」

緊張しすぎてデートの誘いみたいになってしまった。

恥ずかしくて頬が熱くなるのを感じながら、でも、とアンは気持ちを切り替えた。

お小遣いあるし、北海道のおいしいスイーツ！　駅に近いからきっと有名なお店があるはず。バラ売りのおかし買って食べてもいいかも！

息巻くアンに千冬がほほえんだ。

「よかった、そのつもりだったの。この近くに有名なスイーツショップの札幌本店があるから行きましょう」

流れるように誘い返され、気がつくとすっかりエスコートされていた。


濃厚なミルクが口の中でとろけ、ひんやりとした甘みが口いっぱいに広がる。なめらかなソフトクリームはするりと喉を滑り落ち、バニラの風味がふわりと鼻を抜けた。

おいしさのあまり、アンはすぐに虜《とりこ》になった。散策で熱を持った体にひんやりとした甘みが染み渡る。至福とは、いまこの瞬間を言うに違いない。

「味はどう？」

正面に座った千冬に訊かれ、アンは急いでうなずいた。

「おいしい。すごく」

植物園から少し歩いたところにその店はあった。昔の銀行のようなレンガと石造りの立派な建物で、中に入るとモダンな吹き抜けの天井が出迎える。北海道の人気菓子メーカーの札幌本店で、アンも大好きなメーカーだ。

有名なカフェなので行列を覚悟していたが、早い時間とあってか、それほど待たされずに入店することができた。

目移りしながら選んだケーキセットは、シフォンケーキとスノーマウンテン、ソフトクリームの三種盛りだ。ブルーベリーソースのかかったソフトクリームは味が濃く、とろけるようなおいしさでスプーンを持つ手が止まらなくなる。

すごいな、千冬さん。こんなすてきなお店知ってるなんて。

大正時代に北海道庁図書館として建てられたものをリノベーションした店内は、一階が土産菓子売り場、二階がカフェになっていた。内装はしゃれている。白いテーブルに白いピアノ。テントの帆布を思わせる白い天井に照明の暖色が柔らかく反射する。壁の二面が天井まで届く巨大な本棚になっており、自由に読めるようになっていた。

ちらりと窺うと、千冬は優雅にコーヒーを飲んでいた。カップを口許に運ぶしぐさが上品で、どきっとした。

千冬を前にするとアンはもじもじしてしまう。自分の母親になにをばかなと笑われそうだが、年々ひどくなっている気がした。

昔はそうでもなかったと思うんだけどな……。

千冬がやってきたのはアンが小学校低学年のときだ。子どもが小さいのに再婚なんて、と周囲は気を揉《も》んだようだが、母を知らずに育ったアンには待望のお母さんだった。同世代の子が母親と過ごす姿がずっと羨ましかった。

最初は思い切り甘えた、ような気がする。小さな頃の記憶はおぼろげだ。距離を感じるようになったのはいつからだろうと記憶を辿り、脳裏にある光景が弾けた。

『千冬でいいわ。お母さんと呼びたくなったらそう呼んで』

突き放すように発せられた言葉にはっとしたのを覚えている。

だよね、千冬さんはお父さんが好きだから結婚したんだし。

我ながらのんきな子どもだったな、と思う。千冬は好きな人と一緒になったら子どもがついてきただけで、母親になりたかったわけではないだろう。

「どうかした？」

千冬に問われ、顔をしかめていたことに気づいた。「アイスがしみて」と苦笑いを返してアイスティーに手を伸ばした。

嫌われたくない。いい関係でいたい。心の深いところに根付いた想いがストレートに感情を口にすることをためらわせる。そして中学一年の初夏。あの事件が起きた。

有名俳優炎上事件だ。いまでこそ心の整理をつけることができたが、思えばあの一件から千冬と会話することが減った。

舌に残るアイスティーのほのかな苦みが、心にしまった苦い気持ちを呼び覚ます。

私がうまくやれてたら、あんなことにならなかった。千冬さんがっかりしただろうな。

一所懸命がんばってくれたのに千冬さんもひどいことたくさん言われて……。

考えるのよそう。せっかく千冬さんといるんだから。

胸につかえる感情をのみこんだとき、千冬がカップを置いてアンを見た。

「ホームステイの今後のことだけど、能登ご夫妻から聞いた？」

「最終日までいていいんだよね、問題が起きないかぎり」

「ええ。最終日にお父さんが迎えに来る。ただし、なにかあればすぐに東京のおばあちゃんに迎えに来てもらうから」

しっかり釘を刺され、アンは肩を縮めた。千冬の表情がかすかに曇った。

「ごめんなさい、結局仕事が入って。リモートワークでホテルに詰めるから、あまり顔を出せないけど……ひとりで大丈夫？」

アンはきょとんとした。

「ひとりじゃないよ、籾さんたちがいる」

そう、と冷たく響く返事に少しモヤモヤした。

「籾さんもノトさんたちも、いい人だよ。すごくよくしてもらってる。悪い人たちなんかじゃないよ」

「そうね、アンの考えは尊重する。でも問題があるご家庭だとわかったら、その日に自宅へ帰るのよ。そのつもりで用意しておいて」

全然響かない……。

昨日の出会い方がよくなかったのか、千冬は少しも警戒を解いていない。

「明日の夕食に招待されたから十九時には顔を出すわ」

「……うん、わかった」

明日も会えるんだ。ほっとした反面、どう言ったら千冬に伝わるか、わからなくなった。手が届く距離にいるのに届かない。もどかしい距離を感じながらアンはどうすることもできなかった。

§

昼前に千冬と別れて図書屋敷に戻ったアンはノト夫妻と昼食を食べ、猫の世話をするセージを手伝った。午後は〈モミの木文庫〉の受付で宿題をしたり、読書友だちのさゆりとおしゃべりしたりして過ごした。図書館のこまかな業務をしているうちに時間は過ぎ、閉館時刻を迎えた。

図書室に忘れ物がないかチェックしながら椅子とデスクを整え、窓の施錠を確認し、最後に照明を消す。同じ作業をノトが二階から、リッカが一階の手前から進めている。セージは外の見回りだ。

アンは手を動かしながら千冬に言われたことを考えていた。

「問題があるご家庭かあ」

問題なら大アリだ。なにせこの屋敷は百余年前に魔術師が建て、命を落とす危険のある異界が広がる。そんなところで悪魔のぽっちゃり猫に働かされていると千冬が知ったら卒倒しかねない。

「絶対知られないようにしよう……」

その点を除けば、千冬が目くじらを立てるようなことはなにもない。

図書屋敷はのんびりとした空気に包まれている。竹を割ったような性格のリッカ。穏やかで思慮深いノト。ぶっきらぼうに見えて誰よりも心優しいセージ。すてきな大人に囲まれ、問題を起こすほうが難しい。

アンの生活も東京にいた頃より健康的だ。夜は早くに眠り、日中は夏休みの宿題や読書をして過ごす。生活は規則正しく、自主的に勉強までしているのだから文句のつけようがない。

「どうしたら問題なんてないって、わかってもらえるんだろ」

やっぱり一緒にごはんを食べるのが一番かな？

そんなことを考えながら図書室の電気を消そうとしたとき、本棚に目がとまった。どの棚も整頓されているが、一段だけ本が倒れ、斜めに崩れている。

児童書のコーナーだ。子どもが乱雑に出し入れしたのだろう。

アンは倒れた本を起こし、背表紙のラベルをたよりに並べ直した。本は厚さも高さも様々だが、整列すると見栄えがする。一歩下がって出来映えを確認したとき、ひとつ下の棚に白いものが見えた。

端の本の上部から紙が飛び出している。プリントが挟まっているようだ。

「忘れ物かな」

紙を引き抜こうとしたが、びくともしない。仕方なく棚から本を取った。大きな赤茶色の大判本で、背表紙には金の箔押《はくお》しで『しらゆきひめ』とタイトルがある。

アンはプリントの挟まったページを開き、「へ？」と間の抜けた声をもらした。

フルカラーの、美しい挿絵が描かれたページだった。キノコの帽子をかぶった白いひげの七人のこびとが左ページに集まり、向かいの右ページに青いドレスの白雪姫がいる
――いや、いたのだろう。

そこに描かれているのは、ドレスの裾だけだ。

少女がいる位置にぽっかりと穴が空き、前のページが覗いている。カッターのような

刃物で切り取ったのか、ページの切れ端が折れて本の上部から飛び出していた。

なにを目にしているか理解した瞬間、ぞっとして全身が怖気《おぞけ》をふるった。

気がつくとアンは赤茶色の本を抱えて廊下に飛び出していた。

「迷宮でなにかあった⁉」

とっさに考えたのは異界のことだ。図書迷宮には文字を食べる巨大な虫がいる。夢の中で食べられた蔵書は現実でも虫食いだらけになり、バラバラに壊れてしまう。

「でも紙に虫食いはなかった、だいたいこの本砕けてないっ」

でもだったらなんで、どうして！

わけのわからない状況に不安が募ったとき、エントランスにノト夫妻を見つけた。閉館作業を終えてアンを待っていたのだ。

「ノトさんリッカさん！　大変っ、絵がなくて、ページが！」

駆け込む勢いそのまま口を開く。息せき切って話すが、一度に言葉が溢れてうまく説明できなかった。

実物を見てもらったほうが早い。本を抱えていることを思い出し、受付に置いた。

「本から紙が出てたんです、それでこれ！」

いびつな楕円《だえん》形に絵がくり抜かれたページを見せるとノトとリッカは目を瞠《みは》った。

大変な騒ぎになる、とアンは身構えたが、ふたりの反応は予想と異なっていた。

「久しぶりにやられたなあ」

「久しぶり？」

どこまで話そうか、というように夫妻は視線を交わし、リッカが説明した。

「あってはいけないことだよ。でも本がなくなるのも傷つけられるのも珍しくない」

「え……」

「いろんな人に貸すからいろんなことがあるんだ。大抵はわざとじゃないよ。読んでて飲み物をこぼしちゃったり、うっかり破っちゃったり。そういう人は返却のときに謝ってくれるし、新しい本を買い直してくる人もいた。でも本を勝手に持ち出したりこんなふうに切り取ったりする人もいる」

「なんでそんなこと」

「理由はいろいろだね。お金がない。時間がない。あと恥ずかしいからだね」

アンは困惑した。説明してもらったのに、ますますわからなくなった。

たとえばね、とノトが噛んで含めるように説明を引き継いだ。

「学生が論文を書くために専門書を持ち出しちゃうんだ。専門書は高いし、取り寄せると時間がかかるからさ」

「借りて読んだらいいんじゃないですか？」

「期日が来たら返却しないといけないでしょう。もう一度借りようとして他の人が借りてたら読めない。だから自分のものにしたいんだ」

「専門書だけじゃないよ、体の悩みや性に関する本もそう。人に相談しにくいし、買ったり借りたりするところを見られるのが恥ずかしいから持って行っちゃうのさ」

恥ずかしいってそういう意味？

アンは閉口した。心境はわからなくはないが、本を盗んでいいはずがない。

「雑誌や新聞はよく切り抜かれたね。アイドルや俳優の特集、テレビ欄、レシピとか」

「あんまり被害が続くもんだから〈モミの木文庫〉では雑誌を置かないことにしたんだ。予算が苦しくなってね。楽しみにしている利用者もいたんだけどねえ」

丸眼鏡の奥の瞳が寂しそうに揺れた。ノトはアンを見た。

「アンちゃん、亡失ってわかるかい」

「ぼう……？」

「ぼうしつ。本がなくなったり、汚れたりして読めなくなること。札幌市内の公立図書館だけでも年間で二千冊以上が亡失図書になってるんだ」

「そんなにたくさん？」

二千冊。数の多さにめまいがするようだった。ひとつの市でそれだけの損害があるなら、日本全国では一年で何万冊の書籍が失われているのだろう。

リッカが険しい顔で腕組みした。

「ここ十年で転売目的の万引きで本屋が潰れたってニュースが増えたし、図書館もこれまでと違うタイプの被害が増えてるんだろうね」

アンの視線は受付に置いた『しらゆきひめ』に吸い寄せられた。

「この絵本も転売目的で切られちゃったんですね」

そこなんだよねえ、とノトが怪訝そうに白いものがまじった頭を掻《か》いた。

「限定品とか手描きの挿絵なら転売の可能性があるけど、この本、古いでしょう。全集でたくさん刷られてるし、売ろうにも値段つかないんじゃないかな」

「じゃあ転売じゃない？」

「買う人がいないよ。たぶん挿絵がほしくて切ったんじゃないかな」

言われてみれば、切り抜いた女の子の絵が売れるとは思えない。個人的に気に入ったから切り抜いた、と考えたほうがありそうだ。

「そういうケースもあるんですね」

「児童書だし、子どもの仕業かな。昔はよくらくがきされたもんだ」

ノトは懐かしそうに呟き、気持ちを切り替えるように手を打った。

「なんにしてもリッカの言うとおりだ。ずっと開店休業状態だったからぼんやりしちゃったけど、認識を改めないといけないね。人が戻ってくるということは、いろんな人がいるってことだ」

いろんな人がいる。何気ない言葉にアンは虚を衝《つ》かれた。

図書屋敷が昔のように賑《にぎ》わったらいい。単純にそう思っていた。だが、どんな人がやってくるかは選べない。人が集まるということはいいことばかりではないのだ。

「できるだけ見回りを増やそう。アンちゃんはむりしないこと。変な人がいても近づかない、注意もしなくていい。必ず私かノト、セージ君を叩き起こすんだよ」

いいね、とリッカに念を押され、アンはうなずいた。

「この本はしばらくお休みにしよう。ひょっとしたら、なくなった絵の部分がひょっこり出てくるかもしれない。直せたらいいなあ」

ノトが折れたページの切れ端を丁寧に伸ばし、『しらゆきひめ』を閉じた。

そうなったらいいな、とアンは願わずにはいられなかった。

3

深夜0時を告げる時計の音が屋敷に響く。いつものように迷宮に下ったアンは掃除をしながら日中の出来事をワガハイに話して聞かせた。

「ははーん、おイタちゃんが出たか」

書棚の上に寝そべったジンジャーオレンジの猫は訳知り顔になった。

「おイタちゃん？」

「おイタが過ぎる悪い子ちゃんのことさ」

モップで床を磨く手を止め、書棚を見上げた。

「ノトさんは挿絵がほしかったんじゃないかって言ってたよ」

「動機なんざ興味ないね。オレ様の庭で好き勝手しおって。図書迷宮がこんなに落ちぶれてなきゃ、じきじきにお仕置きしてやるんだが」

猫は仰向けにひっくり返り、シュッシュッ、と空中に猫パンチを繰り出した。迫力はまったくない。

アンはモップの柄に顎をのせて、深いため息をついた。

「こんなことが起きるなんて。タイミング悪すぎるよ」

「タイミング？　なんの話だ」

「じつはね」

継母《ままはは》の千冬が乗り込んできたこと。ホームステイに反対していること。もし問題が起きたら即刻東京に連れ帰ると言われたことを明かす。

「千冬さん、こういうことに厳しいんだ。だから子どものいたずらでも本が切られたなんて知ったら」

一発アウトはないだろうが、セージたちに対して悪い印象を深めるだろう。その先のことを考えると気が重くなった。

「絶対知られないようにしないと。また被害があったらどうしよう」

「ケッ、そんな心配する必要もないね。被害はこれきりさ」

当然とばかりに言うのでアンはびっくりした。

「どうして？」

「おイタちゃんだからさ。もし本当に挿絵がほしいならコピーすりゃいい。オリジナルがほしいなら蔵書ごとを無断で持ち出せばいいだろうよ」

「それは……そうかも」

「じゃあ、なんで切り抜くのか。わかるかい？」

目の前にはいいなと思う挿絵があって、図書室には誰もいない。とすれば。

「いまならバレないって……思った。つい、出来心で？」

「ほー、まるでハンニンみたいなコメントじゃないか」

「ちょ!?　聞いておいてひどい！」

ケケ、と猫は人の悪い笑みを浮かべた。

「大方そんなこったろうよ。それがおイタちゃんだ。人目がないからやるのさ。明日から巡回するんだろ？　だったらもうやらないさ」

「そうかなあ」

ワガハイが金の目をくるりと回した。

「おばかさんめ。巡回するのは誰だ？　セージだろ。アイツの前でやるのかい？」

廊下にいただけで女性利用者が逃げ出したのは記憶に新しい。そんなセージが本腰を入れて見回りをするのだ。暗い廊下、本棚の陰。目の下にくまを作った強面の青年が三白眼を光らせて無言のままじっと凝視する……。

「こ、怖そう」

「怖すぎて利用者がいなくなっちまう」

「それは困る！」

猫は前脚を舐《な》めて丁寧にヒゲを整えた。

「そういうこった、セージが一日徘徊すれば充分だ。そもそも本を見つけたのが今日だからって犯行も今日とはかぎらないぞ。ずっと前にやられたのかもしれない」

「そっか」

そういう可能性もあるのだ。しかし以前だとするといつだろう。ホームステイに来てすぐにリッカと本の虫干しをしたが、そのときは異常は見つからなかった。

慣れない作業だったし、見落としたのかな？

「ワガハイはいつ頃だと思う？」

「さあてな。昨日か一週間前か一年前か。迷宮が衰退して長い。さすがのオレ様も完璧に把握とはいかないね。どれ、切り抜かれた本がある棚をチェックするか」

「なにかわかるの？」

「他の蔵書の安否確認だ。図書屋敷と図書迷宮は表裏一体。現実の蔵書が傷つけられれば、迷宮の化石化した本にもヒビが入ってるだろうよ」

ワガハイは伸びをし、書棚の縁に立つとぐっと身をかがめた。床を見ながら尻とふさふさの尻尾を神経質に揺らす。しかし一向に下りてこない。

「どうしたの？　早く行こう」

「…………オレ様を下ろせ。ちと高かった」

「ワガハイ、猫でしょ？」

「このモチモチボディが着地の衝撃に耐えられると思うのかい！　爪が割れたら小娘ちゃんをつつくとき痛いだろ、オレ様のかわいい爪ちゃんが！」

「ひどい理由！」

「ほれ、さっさと下ろせ」

「〜〜〜っ！」

嫌な理由だが、割れた爪でつつかれるのはもっと嫌だ。

渋々書棚の前に立ち、腕を伸ばしてぽっちゃり猫を引っ張った。ワガハイはごろごろと喉を鳴らしてアンの腕を液体のように滑ると、するりと首に巻きついた。

本当の狙いはこっちか、とアンは呆れた。

「歩くの面倒臭かったんだ」

「なんのことだい？　さあさあ本棚を見に行くぞ、そこの通路を左だ」

図書迷宮は今日も灰色だ。霧がじっとりと体にまとわりつき、海水に浸った古い絨毯がびちゃびちゃと音をたてる。埃とカビと死。潮の臭いがまじって陰鬱さが増したようだ。それでも以前よりよくなっている、とアンは断言できた。

薄暗い書棚の通路を歩いていると、不意にその変化が訪れた。

ふわり、と光が降る。レースで編んだような銀色の光の帯が霧の中に次々と現れ、気がつくとアンたちは書棚の通路から月夜の森にいた。

パンケーキのようなまん丸で黄色い月と大小様々な星。クレヨンと絵の具で描かれた青い夜の下に、同じタッチの草木が茂っている。

「本の世界に入ったんだね」

『走れメロス』のときと同じ現象だ。蔵書を読んだ人の想像力を糧に〈登場人物〉が生まれ、その人物を中心に作品世界が広がる。

屋敷の利用者が増えたことで迷宮には毎夜、二、三作の物語が花開くようになった。大抵は半径数メートルの範囲で、高見のように数キロに及ぶものは希《まれ》だ。

この書籍の世界を実体化させた読者はなかなかの想像力の持ち主のようで、少し歩いても風景は途切れなかった。アンはわくわくした。

「なんの作品かな？」

「〈登場人物〉に話しかけるなよ。〈メロス〉さんでこりただろ」

「わかってるよ」

〈登場人物〉は自分の世界に生きているのでアンを認識できず、自分の物語の人物に当てはめて話を進めてしまうのだ。

作中の人物に見つからないよう、のっぺりとした木の陰から周囲を窺う。まもなく森に馬車が現れた。オレンジ色の車体は丸く、天辺《てっぺん》に緑のヘタと葉っぱを載せている。

「わかった、『シンデレラ』だ！」

かぼちゃの馬車が停止し、ドアが開いて白いドレスの少女が下りてきた。

ドレスの上部は水色の刺繍《ししゅう》に彩られ、たっぷりとした純白のスカートは傘のようにぴんと張っている。その足元でガラスの靴が眩《まぶ》しいほどの光を放つ。

小さな顔に大きな瞳。幼年向けのアニメのような顔立ちの〈シンデレラ〉は白亜の城の階段を上がった。歩みにあわせてピンクの花が咲き乱れ、銀の光が飛び交う。

森は夜を忘れたかのように光に満ち、花の香りと賑やかな音楽が溢れた。憧れと夢が詰まった世界観はアンが知るアニメ映画『シンデレラ』に通じるものがある。

そこまで思い、ふと疑問を感じた。

「ねえ、『シンデレラ』は昔話っていうけど古いアニメだよね。本とどっちが先？」

水を向けられたワガハイはぶるっと身震いし、襟巻きから猫の姿に戻った。

「おおっ、時代ってのはおそろしいね。『シンデレラ』は伝承文学、小娘ちゃんが言うところの昔話だな。アニメどころか本になるずっと前から語り継がれてきた物語さ。ついでに言うと、その古いアニメの原作は『サンドリヨン』だ」

「サンド、なに？」

「サンドリヨン。十七世紀の詩人でルイ十四世に仕えたシャルル・ペローが書いた作品だ。サンドリヨンはフランス語で〈灰かぶりの娘〉って意味さ。シンデレラは英語で、意味は同じだ。アニメでそっちの名前が有名になっちまったがな」

「へえー」

迷宮に広がる『シンデレラ』の世界もヨーロッパの風情を感じさせるが、色彩は驚くほど賑やかだ。城の背に花火が上がり、階段を上る〈シンデレラ〉のまわりには真珠のような光の粒が躍る。その髪は黄色だったりピンクだったり、見るたびに色を変えた。

周囲を彩るのは花だけではない。ビーズやリボン、金や銀のシャボン玉。キラキラしたものが現れては消え、見ているだけで幸せな気分になる。

ワガハイが大きく息を吸って口をもぐもぐさせた。

「空気が甘い、綿菓子みたいだ」

真似《まね》すると、本当に砂糖菓子の味がした。

「この世界好きだな。どんな人が読んだのかな？」

もう少し眺めていたかったが、〈シンデレラ〉が行ってしまうと風景が褪《あ》せ始めた。

甘い空気と音楽が遠ざかり、書棚の通路が蜃気楼《しんきろう》のように浮かび上がる。作品世界から迷宮へ戻ったようだ。

ところが木々は途切れず枝を伸ばし始めた。書棚の通路が揺らめいて霞み、森がくっきりと像を結ぶ。

「あれ、また森に戻った？」

しかし先ほどとは様子が異なる。水を打ったような静けさで、きらめく光も色とりどりの花も生まれない。深い森が音もなく広がっていく。

ワガハイは鼻をひくひくさせ、目を細めた。

「別の作品世界に移ったな。懐かしいねえ、〈モミの木文庫〉が繁盛してた頃はよくあったんだ」

「そうなの？」

「世界観が近い作品で起こる現象だ。同じジャンル、同じ作者、同じ時代、そんな接点があると繋がりやすい。一晩で数十の世界を巡ることもザラだったもんだ」

初めて見る現象にアンは目を奪われた。

森は密やかに変化していく。枝から葉がはらはらと落ち、梢《こずえ》の向こうに曇天が広がる。日中のようだが薄暗く、あたり一面にこんもりと雪が積もった。

「冬みたいだね」

そのとき、小さな人影が走った。赤、青、黄。長いヒゲを引きずるようにして三人のこびとが駆ける。彼らが向かう先にはほうきを手にした金髪の少女がいた。

「森でこびと……昔話っぽいね」

『シンデレラ』と似た作品なら、あの少女が主人公であり、この世界の中心だろう。興味を惹かれて眺めていると、三人のこびとの会話が聞こえてきた。

「あの子にお礼をあげよう」「日がたつごとにきれいになるように」「ひとこと言うたびに口から金貨が出るように」……。

「口から金貨⁉」

アンはぎょっとした。ワガハイが尻尾でアンの口を塞いでいなければ〈登場人物〉たちに聞こえていたかもしれない。

「お静かに小娘ちゃん、これは『森の中の三人のこびと』だ」

アンは口に入った猫の毛を吐き出しながらうめいた。

「口から金貨ってどうかしてる」

「富の象徴じゃないか。金貨があれば一生食いっぱぐれないぞ」

「もっとふつうに出してよ」

ワガハイの尻尾を顔から払うが、猫は肩にのったまま上機嫌に語った。

「『森の中の三人のこびと』はいじわるな継母に虐げられる女の子が成功するまでの物語だ。継母は自分の娘より器量がいい女の子をねたんで無理難題を言う。冬にいちごを取ってらっしゃい！」

急に裏声で継母のセリフを言い、しゃがれ声に戻る。

「寒空に放り出された女の子は、真冬の森で出会った三人のこびとになけなしのパンを分けてやった。するとこびとたちは喜び、お礼に野いちごとさっきのスペシャルな贈り物をやったのさ。帰ってきた女の子を見て継母はびっくり仰天――」

しかしその先を聞くことはできなかった。

ぱんっ、となにかが弾ける音がした。

何気なく音のほうを見ると、こびとが真っ二つになっていた。

「え……」

見えない刃物が空気を斬り、ぱんっ、ぱんっ、と次々にこびとが裂ける。

赤、青、黄。弾けた三人の〈登場人物〉は紙吹雪となって散った。その色彩は薄暗い冬の森の中であまりに鮮やかで、見とれてしまうほど強烈な印象を残した。

「――走れ!!　ぼさっとするな！」

ワガハイがアンの首に尻尾をひっかけて肩から飛び降りた。その動きに引っ張られ、アンはつんのめるようにして駆け出した。わけがわからなかった。鮮やかな三色の紙吹雪は風に巻かれ、灰色に色褪せながら崩れていく。

「なにっ、なんで」

「ボウシツトショだ！」

なにそれ、と聞き返そうとして頬を張られたような衝撃を覚えた。

〝亡失図書〟――本が失われること。

理解した瞬間、周囲に亀裂が走った。森も大地も空も紙のように裂け、ビリビリと雷鳴のような音を轟かせる。

世界が壊れる！

アンはとっさに裂けた空間がくっつくイメージをした。特大のセロハンテープだ。破れた紙を貼り合わせるように木や雪に透明のテープを貼りつける。

しかしその間にもあちこちに亀裂が走った。アンは立ち止まり、ものすごい力で裂けていく世界に巨大なテープを重ねた。

目の端でオレンジ色のものが動いたのはそのときだ。

次に目に映ったのは、ぱっくりと開いた巨大な口と涎《よだれ》の滴る無数の牙だった。

「な――」

声をあげる暇もなく、どん、と激しい衝撃がアンの全身を貫いた。

大きな化け猫に姿を変えたワガハイがアンを喰《く》らった。

§

ボトッと生温かい唾液が顔に滴り、アンは我に返った。

生きてる……！

バクバクと心臓が激しく胸を叩く。痛みはない。食べられたかと思ったが、化け猫はアンを咥《くわ》えて崩壊する世界の外へ猛スピードで走っている。

「ワガハイ！」

叫び、もがくが、がっちりと牙の間に挟まれて身動きが取れない。巨大な歯茎を叩いて抗議しても、びくともしなかった。

もう一度声をあげようとした刹那、絶叫があがった。

女の子の悲鳴だ。

悲痛な叫びは金切り声となり、世界をつんざいた。無数の亀裂がいっせいに走り、黒い稲妻となって天地を裂く。ついに大地が抜けた。ワガハイは千切れた木々や岩を蹴って作品世界の外へ逃れようとするが、崩壊は加速する。

化け猫の口の中でアンはひとつの世界が滅ぶのを目撃した。

森も空もビリビリに千切れ、断面から淡い光がこぼれる。この世界の生気のようなものが砂時計の砂のようにさらさらと流れ、色褪せていく。

その向こう側にはなにもなかった。

光もなければ色もない。空気も生命も時間も、なにも存在しない。異質ななにかが、ぽっかりと口を開けている。

言い知れない恐怖が臓腑《ぞうふ》から湧き上がり、怖気をふるった。あそこに入ったらいけない。死よりも恐ろしいことが待っている。

本能で感じるのと同時に不安が生まれた。

落ちたら大変だ――

無意識に浮かんだ悪い想像にアンはぞっとした。しまった、と思ったときには図書迷宮が司書の〈期待〉に応え、悪い現実を引き寄せていた。

悪い夢でも見ているみたいだった。化け猫の足元の岩が崩れる。すんでのところで飛び移った木片に運悪く後ろ脚を挟まれ、がくん、と落ちた。

落下していく。千切れた世界の向こうに広がる無へと吸い寄せられていく。

恐怖に固く目を閉じたとき、ぶわっと体が浮き上がるのを感じた。ごうごうと風が渦巻く音がする。なにかがおかしい。薄目を開けてアンは驚いた。

一面、真っ白だった。一拍遅れて無数の白い蝶だと気づいた。蝶の大群が雪煙を上げるつむじ風のように猛烈な速さで飛び交い、化け猫の巨体を空高く巻き上げる。

すごい勢いで中空へ投げ出されたかと思うと、なにかにぶつかった。その衝撃でアンは化け猫の口から転び出た。

潮とカビの臭いがじっとりとまとわりつく。

アンは深い霧の漂う書棚の通路に倒れていた。肘を立てて、涎でべとべとの体を押し上げる。化け猫は少し離れた書棚の前に潰れていた。プシューッと空気の抜ける音をたてながら、ぽっちゃり猫の姿に戻っていく。

アンは作品世界を探した。冬の森。物語世界へと続く空間の歪み。必死にその痕跡を探すが苔むした書棚がどこまでも連なっている。

やるせなさが込み上げた。

猫に戻ったワガハイが起き上がるのが見え、アンはキッと睨みつけた。

「なんで止めたの！　司書の想像力は迷宮を守るためにあるんでしょ！　いつもみたいに想像力を使えばあの世界は――」

「見習いが一万年早い！」

ワガハイが咆《ほ》えた。ジンジャーオレンジの毛を逆立て、金の瞳を怒りに燃やす。

「あれは蔵書を読んだニンゲンの想像力で生まれた空間だ、ぺーぺー子ちゃんの手に負えるもんじゃない。だいいち蔵書がなけりゃ司書なんぞ無力だ！　たとえどんな偉大な魔術師様だろうとな！」

どういう意味、と問おうとしたとき、別の声が答えた。

「亡失図書だよ。〈亡失〉による崩壊は誰にも止められない。なぜなら現実の蔵書が失われてしまったから」

もみじが通路からやってきた。ローブかマントのようなものを身につけており、近くに来るとこの前見た夜のベールだとわかった。

「無事でよかった」

少年は安堵《あんど》の表情を見せた。まだ血色がよくない。危機を察知して飛んできてくれたのだろう。

「さっきの白い蝶……もみじ君が助けてくれたんだね。ありがとう」

「お礼はワガハイに。ワガハイが頑張ったから間に合ったんだ。〈亡失〉に巻き込まれたら〈なにもない世界〉に落ちると言われてる。そこに入ったらどうなるか、誰も知らないんだ。帰ってきた人も遺体が見つかることもなかったから」

ぞっとして言葉に詰まった。あのとき感じた恐怖は思い込みではなかったのだ。

そっか、だからワガハイは……。

一時は食べられたと思ったが、説明する余裕もなかったのだろう。涎でべとべとにされたのは不満だが、ワガハイがいなければもっと恐ろしい事態に陥っていた。

「怒鳴ってごめん。ワガハイ、助けてくれてありがとう」

猫は潰れた鼻の上にくしゃっとしわを寄せ、叫んだ。

「おやつ三倍もみもみ五倍！　復唱しろ！」

「お、おやつは三倍っ、もみもみ五倍……？」

思わず反復すると、ぽっちゃりペルシャはグフフと笑った。

「よし、オレ様はリフレッシュ休暇を取るぞ。いいか、日中のオレ様をなでなでしろ、高貴なお顔と首回りは念入りに。はあ～～、働きすぎちまった、もーフラフラだ」

ワガハイは尻尾をぶんぶん振り、元気よく書棚の通路を進んだ。しかし少し行くとぴたりと足を止め、猫は振り返らずに呟いた。

「訂正だ、おイタちゃんじゃない。図書屋敷に招かれざる客が入り込んだ」

「え？　それ、どういう……」

猫は霧の中へ消えていった。

「もう、話の途中なのに」

「アン、ちょっといい？」

頬を膨らませたとき、横からもみじの声がした。

もみじは両手いっぱいに植物を手にしていた。

少年がふうっと息を吹きかけると植物が薫風となって舞った。ハッカ、ラベンダー、セージ、ゼラニウム、ローズマリー。屋敷の庭で嗅いだことのある香りだ。風がやむとワガハイの涎はきれいに洗われ、爽やかな香りがアンを包んでいた。礼を言うと、もみじは首を横に振った。

「大変だったたね。疲れてるところ悪いんだけど、アンは壊れた世界の中にいたね。なんの物語だったかわかる？」

「ええと、ワガハイが『森の中の三人のこびと』って言ってたような」

答えてから、アンははっとした。

「その蔵書が現実で亡失図書に？」

「うん。どの本か特定したいんだ。もう少し情報をもらえる？」

「いいけど、いまのがタイトルだよ。『森の中の三人のこびと』って本」

「その作品を収録した蔵書は五、六冊あるんだ」

「一冊じゃないの！」

びっくりして声をあげると、もみじは柔らかくほほえんだ。

「短いお話だから他の童話とまとめられてることが多いんだ。絵本、童話集、学術的な解説書、対象年齢や本の目的によっていろんな形があるんだ。詳しいことがわかればどの蔵書か特定できると思う」

「そうなんだ。詳しい情報………あっ、口から金貨が出る話！」

「うん」

「あと、こびとがいて、女の子が主人公で、継母にいじめられて……野いちご？　木いちごかなにかを取りに行く話で」

あらすじはここまでしか知らない。そこまで考え、アンははたと思い至った。

「あらすじってどの本でも同じだよね……？」

もみじが知りたいのは亡失図書を特定する手がかりだ。物語のおおまかな流れを伝えたところで、どの蔵書か絞れるはずがない。アンは肩を落とした。

「ごめん。私、ちゃんと覚えてなくて」

「ゆっくりで大丈夫だよ。どんな世界だった？　明るいか暗いかで言ったら？」

「暗い……冬の森だった」

「〈登場人物〉は実在の誰かに似てた？　俳優とか有名人とか」

「ううん、絵みたいだったよ。いかにも童話っぽいかんじの」

「絵本みたいだったんだね」

「そう、昔ながらのって雰囲気で。こびとが信号機みたいな色で」

とたんに、ぱあっともみじの表情が明るくなった。

「『少年少女世界童話全集』！　国際版だ！」

「えっ？」

「すごいよアン、よく覚えてたね！」

「ええっと……？」

なんの話かついていけないが、もみじの本好きスイッチを入れてしまったようだ。

端麗な少年は黒い瞳を夜空のようにキラキラさせた。

「『国際版　少年少女世界童話全集』、小学館から刊行された全集で、本巻二十冊、別巻三冊の全二十三巻セットだね。イラストはオールカラーで海外のイラストレーターを贅沢に起用してる。人物の描き方や色彩も日本の絵と違って、なんだか本当に海外の本を読んでるみたいな贅沢な気分になるんだ。信号機みたいな三色のこびとはその典型だよ、すごく印象深いんだ」

もみじはうっとりとして吐息をもらした。

「全集っていいよね。物語がぎゅっと詰まってて、ページを捲るごとにいろんな世界を冒険できるんだ。アンはどの童話全集が好き？」

「どの童話全集が好き……⁉」

人生で一度も、そしてこれから先も二度と訊かれることのない質問だろう。

そもそも童話の全集とは数えるほどあるものなのだろうか。アンがそう尋ねると、もみじは声を弾ませた。

「もちろん！　イソップ、アンデルセン、宮沢賢治、作者ごとの全集もあるし、グリム童話みたいに口承を集めてアレンジしたものや、著名な編纂《へんさん》者が世界中の童話をセレクトしたものもあるよ。全集って奥が深いんだ。体系づけられたもの、子どもが親しみやすい工夫が凝らされたもの。どれも比べられない魅力があるよね。ぼくは出版社別の全集が好きだなあ」

「出版社別？　他の全集とどう違うの？」

　よくぞ聞いてくれたとばかりに少年は前のめりになった。

「すっごく豪華なんだ！　装丁が恰好いい！　一冊ずつ紙の箱に入ってて揃いの表紙に箔押しされてたり、布クロス装のものもあったりしてね、ヨーロッパのアンティーク本みたいで心がくすぐられるよね、同じ装丁の本で本棚が埋めつくされるってぐっとこない!?　だけど豪華なのは装丁だけじゃないんだ！」

　そこからは立て板に水だった。

「著名人や編集者が世界中の物語を厳選して、どの順番で作品を紹介するか漢字はどれだけ開くか絵をどう見せるかこだわり抜かれてる。しかも文章は有吉佐和子《ありよしさわこ》だったり村《むら》岡花子《おかはなこ》だったり川端康成《かわばたやすなり》とか曽根綾子《そねあやこ》とかどの全集も信じられないくらい贅沢で、絵だって松本《まつもと》かつぢ、いわさきちひろ、村上勉《むらかみつとむ》とかなんでどうしてそんなすごい人ばっかり集めて作っちゃったのこんなすごいと正気で読めないいんだけどってくらい本当にすごくとんでもなくて」

「もみじ君、落ち着こう？」

　どんどん早口になるもみじに呼びかけると、少年はきょとんとした顔になった。それから、少年はかあっと頬を真っ赤に染めた。

「ごめん、またやっちゃった……」

　恥ずかしそうに目を伏せるのを見て、アンは慌てた。

「面白いよ！　だけど情報が多くて。私、本に詳しくないから……ごめん」

「アンが謝ることない！」

　ふたりは顔を見合わせて笑った。

「続き、聞かせてくれる？　ゆっくりめで」

　もみじは笑顔になり、丁寧に解説してくれた。

「日本で児童向けの全集が花開いたのは一九五〇年代。それまでも『少年少女』と冠する名作叢書《そうしょ》や体系は存在するけど、第二次世界大戦後の復興と重なって続々と刊行されたんだ。岩波書店の『岩波少年文庫』を皮切りに創元社の『世界少年少女文学全集』、講談社『少年少女世界文学全集』、小学館『少年少女世界の名作文学』とかね」

「うっ、本当に少年少女だらけ……それ、全部別のシリーズ？」

「そうだよ。どの全集も世界中の古典から近代の名作まで扱ってるんだ。一例だけどホメロス、ギリシア神話、アーサー王物語、アラビアンナイト、三国志。グリム童話や北欧やロシア、アジアの童話。バーネットの『小公子』やケストナーの『飛ぶ教室』があればSFの父ジュール・ヴェルヌ、怖くてミステリアスなエドガー・アランポーの作品も。古今東西の物語がひとつの全集で読めちゃうんだ」

「本当になんでも入ってたんだ」

「もう少し低学年向けなら、あかね書房の『世界児童文学全集』や偕成社《かいせいしゃ》の『世界少女名作全集』とかかな。童話や少し軽めの読み物を中心に読みやすい工夫がされてる」

「似た名前の全集がまだあるの……！」

「これでもほんの一握りだよ。とにかくものすごい数が出版されて、何十シリーズとあったんだ。巻数も十数巻で完結するものから七十巻近い大作までまちまちだよ」

完結までに数年を要する全集がこれほど支持されたのは、当時制定された図書館法や学校図書館法の影響が大きいという。なにせ、それまでなかった大口の取引先が全国にできたようなものだからだ。

「いろんな思惑があったんだろうけど、子どもたちにとって、こんなにすてきなことはないと思うんだ。だって世界中の文学が身近になったんだから！」

この流れは衰えず、絵本全集、童話全集、日本文学全集、世界文学全集、歴史全集、推理小説全集と、ジャンルや学年別に数多くの叢書が刊行された。

「それから高度経済成長期——日本が豊かになっていくにつれて読書運動や家庭での読み聞かせが注目を集めていくんだ。本が身近な存在になっていったんだね。知ってる？昔は全集を買うと毎月本屋さんが家に届けてくれたんだって」

「自宅に？」

サブスクみたいなものかな、とアンは新鮮に感じた。

もみじは夢でも見ているような眼差しで囁いた。

「すごいよね。黎明期《れいめい》を支えた創元社の全集は学校や家庭で広く親しまれ、五八年に講談社が創業五十周年記念で刊行した全集は革とクロス装がとても美しいシリーズになった。六八年に学研が発表したのは有名画家が手がける宝石みたいな全集で……どの時代にも『少年少女世界文学全集』があった」

ただ出版したんじゃないよ、と言葉が続く。

「著名な編集者や翻訳者、知識人が自分の名前の責任のもと、一冊ずつ丁寧に作り上げたんだ。まさに知識の結晶だよ。どの時代にもそんな全集があって、本好きの子なら必ず思い出の全集を心に持ってるんだ」

「思い出の全集……」

「人生で初めて触れる、世界中の物語。夢中で読んだお話はいつの間にか忘れちゃうかもしれない。でも大人になったとき、自分の根幹になってることに気づくんだ。子ども時代を振り返るといつもそこにいる、生涯の友だちみたいな存在かな」

あっ、いいな。

アンは最近本を読むようになったが、それでも大人になったら読み返したい作品ができた。折に触れて振り返り、暗闇を照らす光のように心の支えになった一冊も。

全集を読んだ子どもたちには、そんな物語がいくつもあるのだ。

「ちょっとうらやましいかも」

「贅沢な時代だよね」

もみじは噛みしめるように言い、言葉を継いだ。

「一九七〇年代くらいから全集は衰退していくんだ。雑誌やマンガに人気が移ったのと、その後もテレビとかゲームとか娯楽が増えたのが要因だろうね。全集は巻数を減らして、統一感のある豪華な装丁もなくなっていった。最盛期のような贅沢な全集は二〇〇〇年代には出なくなったんじゃないかな」

「そうだったんだ……。もみじ君にはある？　人生の友だちみたいな全集」

「ぼく？」

そうだなあ、と少し考えてからもみじは答えた。

「『国際版　少年少女世界文学全集』と『国際版　少年少女世界童話全集』かな。どちらも小学館から出たシリーズで、文学全集が青い表紙、童話全集が赤い表紙だよ」

「国際版って、さっき『森の中の三人のこびと』が載ってるって言ってた本？」

「うん。七〇年代後半に刊行されたんだ。豪華な装丁で出版された最後の全集かもしれない。ぼくは母から引き継いだんだ」

もみじ君――セージさんのお母さん？

セージの両親はセージが高校生のときに飛行機事故で亡くなっている。それ以上は知らないし、気軽に踏み込んでいい話題ではないだろう。

「すごく大切な本だったんだね」

アンはそう言うのが精いっぱいだった。亡き母が残した本が亡失図書になるなんて想像しただけで胸が痛む。

「どの本も大事だよ。図書屋敷はぼくの本棚だから」

だがもみじは違った。どの本に対しても分け隔てがない。迷宮に囚われて少年の姿をしていても、彼は迷宮の主であり、図書屋敷の館長なのだ。

この迷宮で誰よりも強く、聡明な人。そう思うと尋ねずにはいられなかった。

「ワガハイが言ってた〈招かれざる客〉って、本を切り抜いた人のことだよね。また悪いことが起きるのかな」

「そうかもしれない」

アンは少なからずショックを受けた。心のどこかでそんなことないと言ってくれるのを期待していたのだ。もう悪いことは起きない、安全だ、と安心したかった。

もみじはそっとアンの手を取った。

「怖いよね。挿絵が切り抜かれた本を見つけて、〈亡失〉を目の当たりにして。不安になるのも当然だよ」

だから、と大きな瞳がまっすぐにアンを映した。

「この件はぼくに任せて。必ず状況を明らかにして解決する。それまでは図書館の業務はしなくていい。迷宮でもむりしないで」

そう言って少年は優しくほほえんだ。

4

顔にあたる朝日で目が覚めた。カーテンの隙間から細い光がもれている。

アンは枕元を手探りしてスマホを摑んだ。時刻は朝の五時前。起きるには早いが、二度寝する気分にはならなかった。

ドロップショルダーTシャツとデニムを引っ張り出し、身支度をする。柔らかな癖毛は今日も実験に失敗した博士のように爆発している。ブラシでざっと整えて一つ結びにすると部屋をあとにした。

早朝は静かだ。小鳥のさえずりや遠くから響く自動車の音を聞きながら、忍び足で階段を下りる。クローゼットの廊下を通り抜け、ようやく〈モミの木文庫〉に続く内扉に着いた。扉を開けたところで赤絨毯の廊下に先客を見つけた。

サマーパーカーをはおったセージが物音に気づいて振り向いた。

「おはようございます、セージさんも亡失図書を確認しに？」

青年はアンがそばに来るのを待って口を開いた。

「おはよう。迷宮でも話したが……この件は俺がどうにかする。気にしなくていい」

少し前のアンならその言葉に甘えていただろう。

挿絵が切り抜かれた本を見つけたときも、迷宮で〈亡失〉に巻き込まれたときも震えるほど恐ろしかった。怖いものになんか近づきたくない。胸がざわざわするのも、心が乱されて落ち着かない気持ちになるのも苦手だ。だが。

怖いけど……守られるだけなんて、まっぴらだ。

見習いでもアンは図書迷宮を守る司書なのだ。そしてここには大切な人たちが暮らしている。その思いがアンを奮い立たせた。

「私、図書屋敷が好きです。怖くないって言ったら嘘だけど、自分にできることはしたいです。セージさんが止めても調べます」

きつい三白眼が険しくなる。苛立っているのではなく困惑しているようだ。

「セージさんが心配してくれてるの、わかります。だけどいまは屋敷でなにが起こってるか知るほうが大事だと思うんです。ワガハイの言葉も気になるし」

おイタちゃんではなく〈招かれざる客〉。どう考えても屋敷にとってよい存在ではないだろう。なにが起きているか理解するためにも状況を知りたかった。

長い沈黙ののち、セージは深い吐息をもらした。

「わかった。一緒に確認しよう」

「本当ですか！」

青年はうなずき、ゆっくりした足取りで図書室に向かった。

亡失図書になったのは『森の中の三人のこびと』だ。同タイトルを収録した本は〈モミの木文庫〉に五、六冊あるらしいが、どの蔵書かは特定済みだ。

児童書コーナーに入ると、カラフルな本が詰まった棚が出迎えた。厚さも高さも様々な本がデコボコと並んでいる。その中に洗練された雰囲気の一角がある。

全二十三巻。同じ判型の赤茶色の本が整然と収められ、背表紙に黄金色のタイトルが輝く。『国際版　少年少女世界童話全集』だ。同じ本棚に並ぶ青い表装の『国際版　少年少女世界文学全集』と合わせると五十冊ほどになる大シリーズだ。

改めて見る全集は美しかった。遠目には洋書のように見え、そこにあるだけで胸が躍る。同時にこのうちの一冊が傷つけられていることを思い出して、アンは苦い気持ちになった。

『森の中の三人のこびと』が入ってるの、何巻だろう？

背表紙を見てもそのタイトルは見当たらない。しかしセージは迷うことなく『ヘンゼルとグレーテル』と書かれた一冊を取った。もくじを確認せずに数十ページほど捲り、ぱらぱらと一、二ページ進む。その手がぴたりと止まった。

アンは横から覗き込み、息をのんだ。

赤、黄、青。信号機みたいに並んだ三角帽子のこびとのイラストに引っ掻いたような直線的な傷がいくつも重なっている。カッターのような鋭利な刃物の跡だ。見開きの左ページには野いちごとほうきの絵があるが、それだけだ。

そこにいたのであろう女の子がくり抜かれている。

『しらゆきひめ』を見つけたときより冷静でいられたが、見慣れることは決してない。

「ひどい」

「…………他のも確認する」

セージが強張《こわば》った顔で呟き、気遣うようにアンを見た。

「もし辛いなら、本は開かずに仕分けを手伝ってほしい」

「なに言ってるんですか、セージさんのほうがずっと……」

苦しいはずだ。昨日今日本を読むようになったアンと違い、セージはここで生まれ育ち、本に親しんできた。この全集は母親から引き継いだ大切な本でもあるのだ。

優しすぎるよ、セージさん。

自分が辛いときに他者を思いやる姿勢になぜだか腹が立ち、泣きたくなった。

くしゃりとアンの顔が歪むと、強面の青年は困ったような顔で優しく言った。

「じゃあ、ふたりで」


児童書のコーナーを調べ終えると朝の七時になっていた。テーブルに山のように積んだ蔵書を前にアンはショックを隠せなかった。

「こんなに被害があったなんて」

絵本三冊、読み物九冊。先日見つけた『しらゆきひめ』と合わせると十三冊もの書籍が被害に遭っていた。

セージは一冊を手に取り、裏表紙を捲った。見返しと呼ばれるページに青紫の花と白い蝶が描かれたカードサイズの版画が貼られている。〈モミの木文庫〉の所蔵であり、迷宮の主の持ち物であることを示す蔵書票だ。

おもむろにセージがその紙を剝がした。

「なにしてるんですか！」

アンは面食らった。蔵書票はただの紙ではない。セージが貼ることで本に魔力が宿り、本を読んだ人の想像力が図書迷宮で花開く。

「剝がしたら迷宮に作品世界が広がらなくなるんですよね!?」

「……………こうするしかない。〈亡失〉を防ぐためだ」

本を見下ろすセージの眼差しが険しさを増した。その瞳は悲しみに揺れていた。

「被害に遭った蔵書をこのままにすると、昨日みたいに〈亡失〉するかもしれない」

アンの脳裏に昨晩のことがよぎった。〈なにもない世界〉。亡失図書を放置すれば、あの空間へ投げ出される危険性がつきまとうのだ。

「〈亡失〉は本が破損した瞬間に起こるわけじゃない。人々の想像力で迷宮が活性化する時間……夜に起こる。だが、それがいつかは知りようがない……蔵書票を剝がせば想像力は流れ込まない。蔵書じゃない、ただの本になるから。迷宮の作品世界は止まる」

「止まるって？」

「…………押し花」

「ええっと……？」

「ドライフラワーとか、あんなかんじだ。作品世界の時間が止まって、足を踏み入れても害はない。世界は枯れ、いずれ霧に還《かえ》る」

訥々《とつとつ》と語りながら二冊目、三冊目と蔵書票を剝がしていく。

アンはただ見つめることしかできなかった。〈亡失〉の危険性があるとはいえ、引き継いできた蔵書を手ずから終わらせるのはどれほどの痛みを伴うものなのか。

十二枚の蔵書票を剝がし終えたとき、セージの額に脂汗が滲んでいた。

「これでいい。……危険はなくなった」

心なしか気分が悪そうだ。魔力の宿った蔵書票を剝がすのは、見た以上に骨の折れる作業なのかもしれない。

「大丈夫ですか？　お茶かなにか飲みますか」

青年は首を横に振り、疲れた様子で近くの椅子に腰を下ろした。しばらく動けなさそうだ。アンはテーブルに視線を戻した。

山積みになった十二冊の本を前に改めて被害の重さを感じた。『はだかの王さま』、『ホレのおばさん』、『12のつきのおくりもの』、『いばらひめ』――絵本から高学年向けまで判型は様々だ。その中に赤茶色の大判の本が二冊ある。どちらも『国際版　少年少女世界童話全集』だ。『森の中の三人のこびと』を収めた第五巻と、切り裂かれた『おやゆびひめ』を収録した第七巻『はだかの王さま』。

「最初に見つけた『しらゆきひめ』を入れて、この全集だけ三冊も被害に遭ってますね。どうしてなんだろう」

セージはなにか言いたそうにしたが、視線をテーブルの本に向けた。

「わからない。ただ……被害は絵本と読み物のみ。近年の創作作品、図鑑、歴史ものは一冊もない。童話だけ狙っているのか」

アンはぎょっとした。

「傷つける本を選んでるってことですか？」

「…………わからない」

「犯人の狙いは？」

「…………犯人が一人と決まったわけじゃない」

「何人もいるんですか！」

「ない、とは言えない……」

アンは絶句した。考えていた以上に事態は深刻なのかもしれない。

セージは慎重に言葉を選ぶようにして話を続けた。

「あらゆる可能性がある。犯人の数、犯行の理由……先入観を持つと、判断を間違える。最優先は本を守ること。その環境作りが大切だ。ノトさんとリッカさんと話して、どうしていくか決めよう」

目からウロコが落ちるようだった。どんな人が犯人で、なにを考えてこんなことをするのか。事件を起こす人に注意が向いて、肝心なことがすっぽ抜けていた。

どうしたら本を守れるか。

考えるべきはその一点だ。本に手出しできない環境が整えば被害は収まる。

「そうですよね、本を守るのが図書館の仕事ですよね」

「君も、守る」

出し抜けに言われ、アンは目をぱちくりさせた。

「え…………ええ!?」

「お母さんが心配する」

なんだ、そっち。

なぜだかがっかりした。しかしセージの言うことはもっともだろう。自身の状況を思い出してアンは頭を抱えた。

「そうだった、千冬さんが問題あったらホームステイは即終了って」

「もう〈モミの木文庫〉に来ないほうがいい」

アンはじろりとセージを見た。

「ずっと部屋に閉じこもってろってことですか?」

「観光したり、土産を買ったり…………好きなことをするといい」

「私は図書館にいたいです」

わがままを言ってる。困らせてるんじゃないか。顔色を読む癖が顔を出し、自分の発言を曲げたくなる。しかしアンには譲れないものがあった。

「私だけ安全なところに行ったとして、利用者さんは? 〈モミの木文庫〉にはさゆりさんや高見さん、本を楽しみに来てくれる人がいます。みんなが安心して本を読めるようにするには見守る人が多いほうがいいはずです」

無人の受付よりスタッフがいる受付。ひとりよりふたりの見回り。どちらが防犯効果が高いだろう。アンがそう説くとセージは難しい顔になった。

「なにか考える」

強面の青年は片手で両の目元を押さえ、苦々しく呟いた。

§

「はい、アンちゃん。これ首から提げて」

なにか考える。その場でもらえなかったセージの答えはリッカが持ってきた。ダイニングで昼食を食べたあと、新品の防犯ブザーが差し出されたのだ。

「見えるように提げとけば、悪さする人は寄ってこないからね。ライトもついてて便利だよ。こっちは予備、ポッケに入れて」

「二個もですか?」

「セージ君だよ。最初は四つも持たせようとしてねー、まあ過保護だ」

リッカはからからと笑い、催涙スプレーを見せた。

「これは受付に置くけど、まず出番はないからね。アンちゃん、使おうなんて思っちゃだめだよ。おかしな人を見かけたらすぐその場を離れる。いいね？」

アンが約束すると、それ以外は普段どおりでいいとのことだった。セージが館内を巡回しているので心細いときは一緒にいるように、とリッカは付け加えた。

やや緊張しながら受付に着いたが、図書館は拍子抜けするほど平常運転だった。おかしな人に気をつけようにも、もとより数えるほどの利用者しかいない。昼下がりの館内にはゆったりとした時間が流れていた。手持ちぶさたに夏休みの宿題を始めたが、三十分と経たずペンを持つ手が止まった。

「全然集中できない」

〈招かれざる客〉が出入りしているのは事実だ。千冬に出された条件を思うと、のんびり宿題をしている場合ではない。なにかできることはないのか、役立ちそうなアイデアはないか。そんなことばかり考えてしまう。

「あの」

不意の声に顔を上げると、二、三十代の女性が受付の前に立っていた。

「借りたいんですけど」

その手にはハードカバーがある。アンは会釈をして受け取り、貸出手続きを進めた。

あっ、この本『君を包《つつ》む雨』だ。

数年前に刊行された不器用なラブストーリーで、アンも好きな作品だ。

女性は常連というほどではないが、日本人作家の話題作をよく借りていく。PCの管理画面を見ると『容疑者Xの献身』と『夜のピクニック』も貸出中になっていた。

さすが人気作、とアンは心で呟いた。寂れた図書館だ、蔵書のほとんどは読まれなくなって久しい。しかし人気作は何年経っても色褪せず、こうして借りられていく。それに比べたら『君を包む雨』はややマイナーの部類だろう。

面白いですよね、『君を包む雨』。

そう話しかけたかったが、声にならなかった。高校生が知らない大人に話しかけるには勢いが必要だ。ノトたちくらい歳の離れた大人ならまだしも、世代が近くなるほどよそよそしさを感じる。結局、貸出期日を伝えて「ありがとうございました」と言うので精いっぱいだった。

女性が行ってしまうと、なんとも言えない敗北感があった。

「こういうとき、お父さんだったらな」

本の好みから個人情報まで、すいすい聞き出すだろう。考えてみれば女性に図書館で切り抜き被害があると注意を促したほうがよかったかもしれない。

ひとり反省会をしそうになり、かぶりを振った。

「落ち込むのはあと」

リッカには普段どおりでいいと言われたが、なにもしないでいるのも気が引ける。

ちらりと時計を見ると午後一時半だった。

「そろそろさゆりさん来るし、ちょっとだけお薦めの本見ておこうかな」

自分に言い訳するように呟いて受付に不在の札と呼び出しベルを置いた。


廊下にひと気はなかった。アーチ型の天井は声や音がよく反響するが、ひとりでいるととても静かだ。足音は赤絨毯に吸い込まれ、静寂が広がる。

おかしな人がいても近づかない、すぐセージさんに知らせる。そんなことを心の中で繰り返していたとき、ふくらはぎに柔らかなものが触れた。

「ひゃっ！」

飛び上がって振り返ると、真っ白な猫がアンの足にすり寄ってきた。ぴんと張った三角の耳に宝石のような大きな瞳。しなやかな体軀と長い尻尾がとても優美だ。

なんだ、猫。名前はたしか。

「〈ロイヤルアナロスタン〉。ごめんね、遊んでる時間ないんだ」

手の甲で小さな額を撫でて別れたが、アナロスタンはついてきた。

かまってほしいのかと思ったが、白猫は真剣な眼差しで忙《せわ》しなく耳を動かしている。

周囲を警戒しながらぴたりとアンのそばにつき、離れようとしない。

「ボディーガードしてくれてるの？」

白猫は口を開けてニャーと鳴くそぶりをみせた。それからまた警備態勢に戻る。

「ワガハイ以外は普通の猫のはずだけど……」

屋敷に住む七匹は先日のピンチにも全頭で駆けつけてくれた。猫はなにかを感じているのかもしれない。なんといってもここは魔術師の家であり、猫たちは蔵書を守る使命を担っているのだ。

頼もしい相棒を得てアンは館内を進んだ。

「今日見つけた本と最初の一冊を合わせると被害は十三冊」

一日でやったとは思えない数だ。ということは、犯人は何度も出入りしているのだろうか。もし、私が会った人の中に犯人がいたら。

「やだな」

そんな人がいるなんて思いたくない。わざとじゃなくて、なにかの間違いだったらいいのに。そんな希望を手放すことができなかった。

手近な図書室のドアを開けると、アナロスタンが隙間にするりと体を滑り込ませた。賢く、優雅な身のこなしは高貴そうな名前とぴったりだ。

白猫に続いて部屋に入ると、ほのかに甘い匂いがした。芸術、美術をはじめとした趣味の図書を揃えた一室は大判の図録や写真集が棚を占めている。カラーインクか特殊紙の影響か、ここには一般書とは異なる独特の甘い匂いがたちこめていた。

午前中は音楽の本を読むおじいさんをよく見かけるが、いまは見知らぬ女性がひとりいるだけだ。大学生だろう、机に大きな本を山ほど積み、熱心に手を動かしている。

さっと一回りして部屋を出ようとして、アンはぎくりとした。

女性の机にカッターナイフがあった。

考えるより先に本棚の陰に身を潜めていた。どくどくと心臓が胸を叩く。

えっ、カッターって……見間違い⁉

女性のほうを窺うが、本の山が邪魔をして手元が見えない。そのとき、しっとりした毛並みがアンの足を撫でた。こっちだ、というようにアナロスタンが尻尾を揺らす。

足音を忍ばせてついていくと、女性の手元が見える位置に出た。

大学生風の女性は熱心に絵を描いていた。力強く、大胆な線で中世ヨーロッパ風の衣装やドレスが描かれている。

洋服の絵……？

机に置かれた大きなペンケースからカッターナイフが覗いている。他にメジャーや色鉛筆があった。よく見れば机に積んだ書籍はファッションに関するものばかりだ。

なんだ、ふつうのお客さん。

アンは胸をなで下ろし、絵を描く女性の邪魔をしないよう静かにその場をあとにした。

廊下に出たところで、ついてきたアナロスタンに笑いかけた。

「洋服の勉強してる人だったね」

ニャー、と真っ白な猫は鳴く真似をして、とことこと歩き出した。

それ以降、来館者に会うことはなかった。アナロスタンの姿も途中で見えなくなってしまったが、注意深く見回すと館内のそこここに猫の姿があった。

窓辺に寝そべったずんぐりした三毛猫の〈にゃあお〉。学習机の椅子で丸くなった、毛がばさばさのメイクーン〈グリザベラ〉。蔵書にまぎれて棚の端にちょこんと座ったアメリカンショートヘアの〈ピート〉――どの猫も寛《くつろ》いでいるようで、耳や尻尾をセンサーのように動かしている。どこかに子猫の〈クレストマンシー〉と黒猫の〈長靴〉もいるはずだ。

二十分ほどで受付に戻ると、小学生くらいの女の子が正面口を出ていくところだった。本を返しに来たらしく、返却ボックスに書籍が置かれていた。

何気なくボックスを覗き、アンは凍りついた。

大判の、赤茶色の本だった。背表紙には金の箔押しで『ながぐつをはいたねこ』とタイトルがある。見間違えようがない。『国際版　少年少女世界童話全集』――すでに三冊が犠牲になった全集だ。

すぐ中を確認しないと。頭ではわかっているのに動けなかった。もしかしたらこの本はもう……。そんな不安から本に触れるのにも勇気がいった。

アンは震える手で本を取った。外から持ち込まれたばかりのそれは夏の外気でまだほんのりと温かい。

覚悟を決め、えいっ、と表紙を捲る。

一ページずつ、目を皿のようにしてチェックした。『ながぐつをはいたねこ』、『サンドリヨン』、『おやゆびこぞう』。収録された童話をいくつも通り過ぎ、最後の一ページに辿り着いたとき、長い吐息がもれた。

「よかった、なんともない」

傷がないかどうかばかりに注意が向いていたが、改めて見る赤茶色の本は何十年も前に出版されたと思えないくらいきれいな状態を保っていた。紙にハリがあり、ページを捲るごとに色鮮やかな挿絵が現れる。

下働きをする少女の後ろで笑うすまし顔のふたりの姉。魔法使いがかぼちゃを金の馬車に変え、少女に水色の刺繍をあしらった豪華な白いドレスを与える。

「このドレス、迷宮の〈シンデレラ〉が着てたのと同じだ」

迷宮の〈シンデレラ〉は幼年向けアニメのような顔立ちをしていたが、あれは蔵書を読んだ人の好みが反映されたものだろう。

「そっか、さっきの小学生、この本楽しんでくれたんだ」

図書迷宮に広がったキラキラした世界を思い出し、頬が緩んだ。同時に疑ってかかった自分が恥ずかしくなった。

「……………だけど、あの子じゃないなら犯人は？」

小学生の他にも全集を借りている人がいるのだろうか。気になって貸出記録を調べたが、『国際版　少年少女世界童話全集』の貸出記録は残っていなかった。

アンは光の射《さ》す正面口を見た。

いずれにせよ、本を傷つけた人がここを出入りしている。

5

「まあ、そんなことがあったの」

目と口を大きく開けて老婦人が驚く。

新堂咲百合《しんどうさゆり》は近所でレストランを営む女性だ。グレイヘアをひとつにまとめ、品のよい服装をしている。アンがおばあちゃんと呼ぶ世代の人で、大切な読書友だちだ。

「本にいたずらなんて許せないわ」

さゆりは憤りを隠さなかった。だがアンが伝えたいことは別にあった。

「セージさんが見回りしてるからもう心配ないと思います。だけどさゆりさんが読む小説は児童書コーナーにあるから、気になって。よかったら本を借りるとき、私と一緒に図書室に行きませんか？」

「ふふ、こんなおばあさん誰も襲わないわよ。悪さをする人がいたら説教してやるわ」

「あっ、いえ…………心配なのは、友だちだからで……」

さゆりがきょとんとした顔になった。「ごめんなさいすみません調子に乗りました」とアンが早口で取り消すと、さゆりは深いため息をついた。

「私もまだまだね。年寄りだなんだ、すぐ憎まれ口を叩いちゃう」

独り言のように呟いてからアンを見た。

「ありがとう、アンちゃん。さっそくだけど一緒に本を選んでくれる？」

「もちろんです！」

元気よく答えると、さゆりはどこか眩しそうに目を細めた。

受付を出て最近読んだ本の話をしながら図書室に向かう。児童書のコーナーにさしかかったとき、本棚のところにセージを見つけた。

目の悪いさゆりは気づかなかったようだが、痩せた青年はアンたちに気づくと別の本棚に移動した。周囲に異常がないことを確かめ、音をたてず部屋をあとにする。

人知れず、さりげなく。強面で寡黙な青年だが、そのあたたかな視線は本と〈モミの木文庫〉を訪れるすべての人に向けられている。

そんなセージの姿にアンは勇気づけられた。

「アンちゃん、本はどのあたり？」

「はい、こっちの棚に。今日は――」

本の紹介にいつもより熱が入った。もみじと選び、自分で読んでみて印象的だった作品を中心に紹介する。屋敷に来る前のアンにとって本なんてなくてもいいものだった。いままでは読書する楽しみも誰かのために選び、感想を語り合う時間もかけがえのないものになっている。

婦人はじっくり吟味して一冊を手に取った。

「じゃあ、こっちにする。残りのは次のときに借りるわね。それから別の本を何冊か頼みたいの。いいかしら」

リクエスト？　珍しいな……今日のセレクト、いまいちだったのかな？

気を揉みながら「なんでしょう？」と尋ねると、さゆりは言った。

「狙われそうな本、借りられない？　私が借りてる間、その本には誰も手出しできないでしょう？」

アンは目を瞠った。

もしまた本を傷つける人が来ても、貸出中なら犯人は本に触ることもできない。

「ありがとうございます！」

さゆりと相談して被害の多い全集を預けることにした。児童向けとはいえ大判本は重量がある。徒歩で来館しているさゆりの荷物にならないよう二冊だけ貸し出した。

「すごいなあ、さゆりさん」

正面口でさゆりを見送ったあと、アンは改めて思った。こんなふうに本が守れるなんて、考えつきもしなかった。蔵書は安全なところに移動し、本を借りた人は物語を楽しめる。一石二鳥だ。

セージたちが一度も提案しなかったのが不思議なくらいだが、〈モミの木文庫〉の来館者の様子を振り返ると、その理由はわかる気がした。

「むりやり貸すわけにはいかないか」

音楽の本を楽しむおじいさん。ファッションに熱心な女子大生。同じ小説でも大衆向けの話題作を好む女性がいれば、児童書を愛する人がいる。

〝本〟という形は同じでも、好みは人それぞれだ。

「だけど少しの間でも本を置かなくすれば、いたずらが減るんじゃないかな」

セージさんに提案してみようかな。

無意識にその姿を探したとき、正面口に青年が現れた。爽やかなグレーのスーツにブルーのワイシャツを合わせた会社員で、顔を手で扇《あお》ぎながら入ってくる。

「あっちぃー」

狐目の高見が受付を通り抜けようとした。すかさずアンはカウンターにあった本を手に高見の前に回り込んだ。

進路を塞がれた高見がアンを見下ろす。

「なんだよ」

「この本、借りてくれませんか！」

「はあ？」

アンが差し出したのは『ながぐつをはいたねこ』だ。小学生の女の子が借りていたおかげで無事だった一冊で、ちょうど返却手続きを終えたところだ。高見の来館は渡りに船だった。

高見は狐目を糸のように細くしたが、頭ごなしに拒否しなかった。

「なんでこれ読めって？」

切り抜きの被害が続いていると伝えると、高見は合点がいった様子になった。

「はいはい、なるほど。そうか、そうか、アホだろお前」

「はあ!?」

いきなりの失礼な発言にアンは目を剝《む》いた。しかし冗談だと爽やかに撤回する高見ではない。

「お前さ、犯人がばか正直に手続き踏んで本借りて、ご自宅で切り刻んでからご丁寧に返却してくださると思ってんの？」

「そんなこと思ってない！」

「そうかい。じゃあこの屋敷に窓はいくつある？　人がいない時間帯、本棚の死角、犯人はいつでも好きなときに出入りし放題だ」

「だから本を借りてほしいって言ってるんです。高見さんが借りてる間、この本は無事ですよね？」

「俺が犯人だったらどうすんの？」

愕然として顔が引《ひ》き攣《つ》った。

「笑うところだろ。間に受けるなよ」

「…………高見さんならやりかねないです」

ちっ、と高見は舌打ちし、どっかりとカウンターに腰を下ろした。

「いいか、俺が借りたところで返却したあとに切られるかもしれない。しかも俺が借りてる間、この本を本当に読みたいやつは読めない。お前は本を貸したり隠したりするのが解決だと思ってるのか？　そんなことしたって犯人がいるかぎり被害は続くぞ」

「あ……、そう……ですよね」

蔵書は何万冊とあり、すべてを貸し出すことなど不可能だ。貸し出したところで一時しのぎにしかならない。読みたい人が借りてくれるならいいが、そうでなければ誰かの読む楽しみを奪うことになる。

本を守りたい気持ちが先走って、大切なことをおざなりにしていた。

高見が腕組みした。

「ほら、早くよこせ」

「……………はい？」

「ここにいる間は借りてやる。いまだけだ、帰るとき置いてくからな」

急かすようにカウンターを指で叩きながら、つんと顔をそらす。

「高見さんって……」

「なんだよ」

「意外といい人ですよね」

「意外じゃねえ」

不満そうな顔にアンは小さく吹き出した。

よくわからない大人だが、初めて会ったときより嫌な人ではなくなっていた。

「高見さんはどんな人が犯人だと思います？」

そう尋ねると、狐目の青年は急にあさってのほうを向き、遠い目をしてみせた。

「なんですかその顔。どういう気持ちですか」

「お前、世間知らずのお子様だからなあ」

前言撤回。やっぱりヤなやつだ。

「どういう意味ですか？」

「そんなに聞きたきゃ言うが、俺は十冊くらい一瞬でだめにできるぞ」

「え？」

「別に読む必要ないだろ。本棚に行って適当に選んで傷つける。本を傷つけることが目的なら数日もいらない、数十分、五分もいらないね」

「な……っ！　なんでそんなこと、理由は⁉」

「騒ぎになったら得するんじゃねえの。たとえば、ちょっと前の俺みたいな状況だな。あーあ、あのとき図書屋敷の評判がガタ落ちしてたら商業施設の誘致に成功してたな。惜しいことしたな。俺が良識あるいい大人でよかったなあー」

「……もしかして根に持ってます？　高見さんならやりそうって言ったこと」

「ああ、根に持つね！」

なんて心が狭い大人だろう。呆れたとき、正面口の外をスーツ姿の女性が横切った。洗練された雰囲気と姿勢のよい歩き方は印象的だ。

いまの、千冬さん？

「おい、聞いてるか？」

呼びかけられ、アンは顔を戻した。

「すみません、なんでしたっけ」

お前なあ、と高見はなにか言いたそうにしたが、肩をすくめるに留まった。

「つまるところ、誰がどんな下心があって本を傷つけたかなんてわからないってことだ。そういう意味じゃ、堂々と出入りしてるやつのほうが怪しいね」

コソコソしてない人のほうが疑われないということか。一理ありそうだ。

「ぼんやりして籾の仕事増やすなよ。じゃあな」

狐目の青年は本をひょいと取り、図書室へ向かった。

そのとき、正面口の扉が開く音がした。千冬が来たのかと思ったが、入り口をくぐってきたのはセージだ。

「高見が見えた。……いやみ、言われなかったか」

開口一番に疑われるのは日頃の行いのせいにほかならない。「ひかえめでした」と伝えるとセージは恐《こわ》い顔で高見が消えた図書室を見た。

「おかしな人は、いなかったか」

いつもどおりです、と答えてから、ふと別の話題を思い出した。

「あの、セージさん。最近迷宮で〈シンデレラ〉見ませんでした？」

「………ああ、アニメっぽいキラキラの」

「さっき小学生くらいの女の子が『サンドリヨン』の本を返してくれました」

セージの表情が柔らかくなった。空気が砂糖菓子の味がする世界だ、きっとセージも好きだろうと思った。

「あとは絵を描いてる人と、『容疑者Xの献身』とか『夜のピクニック』とかの人気作借りてく人が来ました。ちょっとだけ迷宮が楽しみです。高見さんもいま童話を読んでくれてるんですよ」

「なぜ」

「狙われそうな本だって話したら最初は断られたんですけど、ここにいる間は借りてやるって、持って行きました。それで——」

アンは高見に犯人について意見をもらったことを伝えた。セージと話すうちに自分がなにに引っかかっているのかわかった。

「本を傷つけるため。そんなことする人、本当にいるんでしょうか？」

セージはじっと一点を見つめて考え込んだ。こうなるとしばらく動きそうにない。

アンは正面口に目を向けた。強い日差しに庭の緑が青々と輝いているが、さきほど見た人影はどこにもない。

やっぱり見間違いか、千冬さんがいるわけないよね。

今晩の夕食会には早すぎる。ネットが使えないと仕事にならないから、とわざわざホテルを取ったのだ。こんな時間に図書屋敷にいるはずがなかった。

でもあんなに似た人いる？　私を連れ帰る理由を探してこっそり来たとか？

まさかね、と内心で笑った。

「手を打つしかないか」

そのときセージが呟くのが聞こえ、アンは視線を戻した。

「対策を増やすんですか？」

蔵書をむりに貸し出したり、撤去したりするのは現実的ではないと学んだ。それ以外の対策となると、防犯カメラの設置、注意喚起の張り紙、巡回を増やすなどだろう。高見の言うように図書屋敷には死角や無人の時間帯が多い。

「閉館後とか夜も見回りしますか？　誰もいない時間帯が危ないと思うんです」

「……いや、それはできない」

できない？　しない、じゃなくて？

怪訝に思って視線を返すと、セージは少し考えてから口を開いた。

「以前、〝夜は部屋から出てはいけない〟と言ったのを覚えてるか」

「三つのルールのひとつですね」

「正確には〝深夜の図書館に入ってはいけない〟なんだ。あのときの君は図書館の存在を知らなかったから……詳しく話すとかえって好奇心をくすぐると思った」

アンは得心した。ルールを告げられたのは屋敷に来た最初の晩だ。

夜間の図書館に入ってはいけない。当然といえば当然の禁止事項だが、ここ図書屋敷では間違いなく別の意味があるのだろう。

「深夜に入っちゃいけないのはどうしてですか？」

「真夜中の〈モミの木文庫〉は奇妙なことが起こる。人が眠り、夢を通してその想像力が迷宮に流れ込む時間だから。蔵書を通して……迷宮と屋敷の繋がりが深くなる。あちらの影響がこちら側にこぼれるんだ。……電化製品がひとりでについたり、幻が徘徊したり、神隠しの記録も残ってる」

「完全にホラーだ……」

「まず心配ないが、生身で迷宮に迷い込む危険性もゼロじゃない。だから夜の〈モミの木文庫〉には入ってはいけない」

アンは絶句した。迷宮に生身で迷い込むなんて、絶対にごめんだ。

それにしても夜間の立ち入りができず、電化製品が誤作動するなら、防犯カメラを設置しても効果は薄そうだ。こうなるとあまり打てる手がない。

そこまで考えて、アンは怪訝に思ってセージを見上げた。

「さっき手を打つって言いましたけど、なにをするんですか？」

「犯人を見つける」

「え？」

耳を疑ったがセージはまじめな顔だ。本気で言っているのだ。

「そんなの、危ないですよ……！」

思わず声が高くなった。いくら強面で来館者に恐がられていてもセージは普通の男の人だ。犯人が逆上して襲ってくるかもしれないのに危険すぎる。

だがセージは動じる様子がない。あまりに落ち着いているので、アンはある可能性に気づいた。

「まさか……犯人に心当たりが？」

「知らない。誰が犯人で、いつ来たかも。知りようがない。だが……あちらは違う」

「あちら？」

セージはうなずいた。

「ここではなくあちら側で。図書迷宮で犯人を特定する」

三冊目

『グリム童話集（初版）』

グリム兄弟

Librarian apprentice at midnight

1

深い霧に包まれ、視界が白く塗り潰された。ため息のようなぬるい風が吹き、足元では海水を吸った絨毯がびちゃびちゃと音をたてる。埃とカビと死。豪奢な彫刻が施された書棚は苔むし、本の形をした石が死んだように並ぶ。

陰鬱な墓地のような雰囲気にアンは胸をなで下ろした。

迷宮に入ってほっとする日が来ようとは思いもしなかった。

白亜の大扉から数歩進むと、正面の霧の中に人影が滲んだ。線の細い少年で、肩のあたりで切り揃えた黒髪がさらさらと揺れる。

夜空のベールをマントのように身につけたもみじがアンに手を振った。

「やあ、遅かったね」

余裕の笑顔にアンは少しむっとした。

「遅くもなるよ、こんな時間に眠れない！」

時刻は午後四時。太陽が眩しく輝き、昼寝には遅い時間だ。規則正しい生活があだとなって仮眠するのに苦労してしまった。

発端は一時間ほど前のセージの発言だ。

――ここではなくあちら側で。図書迷宮で犯人を特定する。

どういうことか前のめりで尋ねたが、相手は口下手の青年だ。なかなか話が進まず、やむなく詳細は迷宮でとなった。

普段なら館内で居眠りして迷宮に入るところだが、〈招かれざる客〉がいるかもしれない。大事を取って自室に戻って横になったものの、眠気は起こらず、時間ばかりが過ぎてしまった。

「変な時間にごめん。迷宮だと話を聞かれる心配がないから話しやすいんだ。それにこっちのほうが口が軽くなるっていうか、おしゃべりが楽しくて」

声を弾ませるもみじを前にすると、ボソボソと話す三白眼の青年と同一人物なのか疑いたくなる。

言いたいことはいろいろあるけど、とアンは内心で呟き、もみじの肩に手を置いた。

「迷宮で犯人を見つけるって話、詳しく！」

犯人の素性どころか、人相、人数、本がいつ切り抜かれたのかさえわからない。そんな状況でどうやって犯人を特定するというのか。しかもこの図書迷宮で。

「その答えを知ってもらうには、まず話さないといけないことがあるんだ。アンは図書迷宮が本の夢から生まれたのは知ってる？」

「なんとなく」

「じゃあ、おさらいだね」

もみじはマントの留め具を外し、夜空のベールをその場に広げた。澄んだ風が霧と腐敗臭を吹き飛ばし、ベールから星屑《ほしくず》がこぼれる。

「わあ……」

オーロラをのみこんだような美しい闇があたりを包む。星雲、ほうき星、新星、遠い銀河の輝き。様々な色と形の光が揺れる。やがて星々は集まり、フロックコートを着た人の形をとった。

「ぼくの先祖はお雇い外国人——北海道開拓で大陸からやってきたんだ。教師として来日したけど彼は魔術師だった」

フロックコートの人影が机に本を置き、裏表紙を捲った。見返しを開いて刷毛《はけ》で小さな紙を貼る。とたんに本が淡く輝き出した。

「その魔力は強大で、彼が蔵書票をつけた書物には魔力が宿った。書物は息づき、夜な夜な夢を見た。書物の夢は集まり、混ざり合い、現実でも夢でもない意識の集合体が生まれた。それがこの異界〝図書迷宮〟だよ」

本は寝息をたてるようにゆっくりと明滅し、輝く靄《もや》がたちのぼる。複数の本から吐き出されたそれは中空で混ざり合い、図書屋敷の一室とよく似た空間を生み出した。だが桁違いに広い。書棚の群れは果てなく、窓や壁は遠くにかすんでいる。棚に収められた本は誘うように囁き、楽しげに輝いた。本当に生きているみたいだ。

「図書迷宮は人々の想像力を糧にする」

もみじの声に呼応して、いっせいに本の世界が花開いた。

すべては一呼吸するかしないかの間に起こった。

砂と太陽のアラビア世界。高原を駆ける駿馬《しゅんめ》の波。御簾《みす》の向こうに平安貴族の女性が浮かび、巨大なクジラのような影が悠然と通り過ぎる。美しい歌を聞いた。凍《い》てつく吹雪に身が千切れ、灼熱の渇きにえずきそうになる。春の里山の甘い香りと夕餉《ゆうげ》の匂い。身の毛のよだつ残忍な場面があれば、泣きたくなるほど美しい情景がある。

押し寄せる情報に五感を揺さぶられ、全身が総毛立つ。虚構と事実、希望と絶望で織られた無限の物語。人の心から生まれ、人の言葉を借りて紡がれたそれは、読んだ者の想像力によって変幻自在に生まれ変わり、泡沫《うたかた》のように消えていく。

儚《はかな》くも終わりのない世界は波が引くように遠ざかり、いつの間にか星々の作る書棚の通路に戻っていた。静寂の中、もみじの声が響いた。

「本は思想や幻想を紡いで書かれたもの。本の性質は夢に近しい。だから迷宮が活発になるのは人が夢を見る時間だ。なぜなら読んだ人の想像力が、その人の夢を通して迷宮に流れ込むから」

「私が図書迷宮に入るのに夢を通るのも同じ理由だよね」

迷宮の司書は深夜0時を告げる時計の音で目覚め、現実と迷宮の境界である夢を通って異界入りする。アンの場合は青紫の花に守られた扉をくぐるまでが自身の夢だ。

「図書迷宮は書籍の夢で、人の夢と繫がってる……」

「そう。つまり人の夢を辿れば、本を切り抜いた犯人に迫れる」

「そんなことできるの⁉」

「迷宮に流れ込んだ犯人の想像力を遡って、犯人の夢に触れるんだ。その人の素性や記憶の断片、日常の景色……そういう情報が垣間見《かいまみ》えるはずだよ」

「迷宮から現実世界にアクセスする方法があるなんて……」

アンは驚きを隠せなかった。図書屋敷と図書迷宮は表裏一体。よく知っているつもりで、わかった気になっていただけかもしれない。

「鍵は蔵書だよ。〈登場人物〉がいるのに作品世界が〈亡失〉したということは、犯人は蔵書に目を通してるんだ。もし目的が切り抜くことで適当な本を傷つけたとしたら、作品世界は開かない。迷宮の本は化石化したまま、ただ割れたはずなんだ」

「そっか、〈登場人物〉が生まれるってことは犯人も作品を読んでる証拠なんだね」

だからこそ、もみじはこの方法で犯人に迫れると判断したのだろう。

「すごいね、もみじ君」

「相手の人数まではわからないけどね。まずは犯人が読んだ蔵書の世界に入ろう」

わかった、と言いかけて言葉をのみこんだ。

「待って、犯人が読んだ蔵書って……これから〈亡失〉する本ってこと？」

「そうなるね」

「ものすごく危なくない!?」

迷宮に生まれる世界は一夜で二、三個ほど。数が少ないので、歩いていれば先日のように〈亡失〉の起こる世界に行き当たるだろう。問題はその先だ。

「〈亡失〉に巻き込まれたら〈なにもない世界〉に落ちるかもしれないんだよね。もし〈亡失〉が進んでて、その世界に入った瞬間消滅したら……。絶対危ないよ、私たち死んじゃうかも！」

「おばかさんめ、小娘ちゃんはいまもその危険の真《ま》っ只中《ただなか》だろ」

唐突にしゃがれ声が響いた。

星屑でできた書棚を突き抜けて、ジンジャーオレンジのペルシャ猫がやってきた。

「ワガハイ？　リフレッシュ休暇じゃなかったの？」

「そんな面白そうな話が聞こえちゃねえ」

猫はふさふさの尻尾を好奇心いっぱいに揺らした。

「私が危険の真っ只中って、どういうこと？」

「いつどの本が〈亡失〉するかわからないんだ。探しに行こうがぼんやりしてようが

〈亡失〉は起こる。爆弾が迷宮を歩いてるようなもんさ」

「たしかに……この前の〈亡失〉もたまたま入った作品世界だった」

ニャヒヒ、とワガハイがいやらしく笑ってもみじを見た。

「小娘ちゃんを守りたいからサクッと解決することにしたんだろ？　受け身で消極的なオマエさんがねえ」

「そんなふうに考えてくれてたの？」

アンが顔を向けると、少年はうつむいた。

「現実で解決できたらよかったんだけど、他の方法が思い浮かばなくて。危険に飛び込まないと危険を防げないなんて、情けないよ」

「なに言ってるんだ、へっぽこめ！　それが迷宮司書本来のお務めだろ、迷宮を守るためにキリキリくるくる働け、キュートなオレ様にたっぷりご奉仕——うにゃっ!?」

もみじがワガハイのあごをなでた。ぽっちゃり猫はうっとりと目を細め、もっとなでろと言わんばかりに少年にすり寄った。

「話を戻すね。アンの言うとおり、〈亡失〉中の世界には間違っても入りたくない。だからこれから〈亡失〉が起こる世界で待つ」

「これから……？　そんなの知りようがないよね？」

「できるよ。犯人が狙いそうな作品を特定して、先回りするんだ」

本当に可能だろうか、と考えを巡らせてアンは気づいた。

「被害に遭ったのは童話ばっかりだったよね。じゃあ童話作品を見張ればいい？」

「チッチッ、甘いな。この世の中にどれだけ童話があると思ってにゃはあっ、百や二百じゃない、もっと絞り込まないと、ああっ、にゃうううう〜っ」

耳をかいてもらったワガハイは堪えきれない様子でごろんと床に転がった。

「じつは狙われそうな作品の目星をつけてるんだ。——ちょうど来たね」

もみじは猫を撫でるのをやめ、夜空のベールを拾った。

一面の星空が霧の漂う灰色の通路に戻る。そこへボロをまとった少女が横切った。

「行こう、あの子の世界だ」

§

さすが主人公というべきか。ボロを着ていてもその少女は輝いていた。いじわるな継母にこき使われ、「灰だらけの娘《サンドリヨン》」とふたりの姉に笑われても、幼年向けアニメを思わせる顔立ちの少女は着飾った姉たちより格段に美しい。

〈登場人物〉から離れたところで見守りながら、アンは隣に立つもみじに訊いた。

「サンドリヨンってことは、この世界はシンデレラの？」

「うん。被害に遭った本のタイトルは覚えてる？」

「ええと、最初に見つけたのが『しらゆきひめ』。次に見つけたのが『森の中の三人のこびと』――」

不意にずしりと背中に重みがかかった。

なるほどねえ、とワガハイがアンの背中をよじのぼりながら言った。

「『しらゆきひめ』は言わずと知れた有名童話。お姫様が意地の悪い継母お妃《きさき》様に殺されかけるが、狩人《かりゆうど》やこびとやらに助けられる。毒リンゴにやられちまうが、そのあと王子様がやってきて、めでたしめでたしだ。『森の中の三人のこびと』も似た展開だ」

猫は液体のように伸びて襟巻きに変わり、アンの首にゆったりと巻きついた。

「で、他にはどんな作品があったんだい？」

被害は全部で十三冊だが、とっさにタイトルが出ない。

ええと、と言い淀《よど》むアンに代わって、もみじが答えた。

「『12のつきのおくりもの』、『おやゆびひめ』、『ホレのおばさん』、『いばらひめ』とかだよ。『いばらひめ』は眠れる森の美女、ねむりひめって言うほうがわかるかな」

言い換えてくれたおかげで内容を思い出せた。『おやゆびひめ』も有名な童話なので知っているが、残りのふたつは馴染みがない。

「『ホレのおばさん』と『12のつきのおくりもの』はどんなストーリー？」

「『12のつきのおくりもの』は『森の中の三人のこびと』と似た系列だよ。主人公の女の子には継母と義理の姉がいて、真冬にスミレを摘んでこいっていじわるされるんだ。心優しい女の子は十二の精に助けてもらい、継母の無理難題を解決していく」

「『森の中の三人のこびと』の主人公も森でイチゴを探してたね」

「二作とも基本的なストーリーは似てるよ。『ホレのおばさん』は働き者の女の子が成功する物語。あるところに美人で働き者の姉と器量のよくない怠け者の妹がいるんだけど、継母の母さんは自分の子である妹だけをかわいがっていて——」

　アンは目をぱちぱちさせた。

「なんか、どれも似てない？　童話っていろんな主人公いるよね。『はだかの王さま』は王様の話だし、『ながぐつをはいたねこ』は男の子が猫に助けてもらう話で。だけど、いまあがった作品はどれも主人公が女の子」

「さすがぺーぺー子ちゃん、いま気づいたのかい？」

　ワガハイがいやみを言ったが、もみじは黒い瞳をキラキラさせた。

「そうなんだよ。アンデルセン、グリム、ペロー、被害に遭った童話を年代や著者で見ても共通点はないけど、どれも女の子が主役だよね。ハッピーエンドばかりだし、もうひとつ、ある特徴があるのも気になる」

　ある特徴？　なんだろう、と考える間ももみじは話を続けた。

「ぼくの見立てでは『シンデレラ』が狙われる可能性が高い。有名な作品だし、〈モミの木文庫〉には『サンドリヨン』の他にシンデレラを扱った蔵書が何冊もあるから。犯人が手に取りやすいはずだ」

「蔵書が複数あっても世界観が同じならこっちで混ざるからな」

襟巻きのワガハイがそう付け加えたとき、周囲の風景が変化を始めた。

ボロをまとった少女の前に魔法使いが立ち、優しく話しかけている。

次の瞬間、場面が目まぐるしく展開した。白馬の群れが銀の波のように駆けてきたかと思うと、アンたちはかぼちゃの馬車の車窓からその光景を眺めていた。馬車がバラのつぼみのようにほどけ、隣に座っていた少女が軽やかに車外へ躍り出る。

傘みたいに張った純白のドレスに、まばゆく光るガラスの靴。アニメ調の顔立ちの〈シンデレラ〉は輝く笑顔で大広間へ駆けていく。

大広間は舞踏会の真っ最中だ。砂糖菓子の匂いとすてきなもので彩られた会場で、ライトグリーンやパープル、イエローのドレスの女性たちがくるくると舞う。

新たな変化は〈シンデレラ〉が会場に足を踏み入れたとたんに起こった。

〈シンデレラ〉のはりぼてのような白いドレスが風をはらんで揺れ、生地に豪奢な金の刺繍が浮かび上がる。変化はドレスだけではない。少女の身体《からだ》がみるみるうちに立体的になっていく。コルセットで絞った腰に大きく開いたデコルテ。しなやかな腕と豊かな胸を繊細なレースが彩る。そこに幼年向けアニメの顔立ちの少女はいなかった。

〈シンデレラ〉はランウェイを行くように堂々とガラスの靴のヒールを鳴らして歩いた。彼女が通ると、その影響が周囲に広がっていく。

「すご……」

クレヨンと色鉛筆で描かれた人々の衣装が質感を持ち、平面から立体的に膨らむ。空気を孕《はら》んだベールの柔らかさ。重厚な輝きを放つ絹の光沢。カラフルな色はそのままにダンスの動きにあわせて豪奢な衣装が翻る。黒一色だった男性陣も華やかな装いに変わり、会場の紳士淑女たちはいっそう生き生きと踊り始めた。

「衣装に詳しい人が読んだみたいだね」

「そういえば日中にドレスを描いてる人を見たよ」

「じゃあその影響だね」

「その人もたまたま『シンデレラ』を読んだってこと？　すごい偶然」

ふふ、ともみじは笑った。

「ファッションと『サンドリヨン』はそんなに遠くないよ。この物語を書いたペローはルイ十四世に仕えた人で、作中には当時の宮廷文化が盛り込まれてるんだ。ルイ十四世は絶対王政で知られるけど、芸術や文化を発展させた人でもあるんだ。貴族に華やかな装いを推奨して、三つ揃いのスーツの原型はこの時代にできたって言われてる」

「へえー」

「絢爛豪華《けんらんごうか》な装いは絶対王政を示すためでもあるけど、その華やかさは各国を魅了してフランスをファッションの中心に押し上げたんだ。パリコレクションや流行の発信地としてのフランスが誕生する土壌はこの時代にできたんじゃないかな」

童話とファッション。まったく関連がなさそうに見えて意外な接点があるものだ。

感心していると、もみじがいたずらな笑みを浮かべた。

「なんてね。難しいこと言ったけど、理由はもっと単純だと思うんだ」

「単純？」

「舞踏会ってすてきじゃない？　ドレスをデザインしたり、素材やアクセサリーを選んだり。きっと楽しいよ！」

アンは目をぱちぱちさせ、「そうかも」とつられて笑った。

周囲に霧がたちこめ、煌びやかな風景が霞んだ。心なしか音楽も遠ざかったようだ。

「この世界観はそんなに広くないみたいだね。〈シンデレラ〉の近くにいよう」

「会場に入るの？」

アンは及び腰になった。大広間は華やかで贅沢なドレスを纏った人ばかりだ。

それに比べて私は……。

司書見習いおなじみの立て襟シャツとエプロンドレスにスニーカーだ。フリルとフレアのたっぷりしたエプロンドレスは可愛らしいが、作業着だ。

ボロを着て舞踏会に行けないと思うシンデレラの心情が痛いくらいわかる。

「それなら、こういうのはどうかな」

もみじが囁くのと同時に白い蝶の群れが吹き抜けた。草いきれと夜気。焼けたアスファルトと夕立の匂いがしたかと思うと、肌触りのよいものが脚にまとわりついた。

目線を落とし、アンは息をのんだ。

アンはプリンセスラインの美しいドレスをまとっていた。

きゅっと絞ったウエストは紅を差したように赤く、レースをふんだんに重ねた真珠色のスカートが広がっている。胴にはごく薄いライトグリーンにクリーム色の刺繍とダイヤモンドが縫い込まれていた。その質感は想像で編まれたものと思えないほどリアルで、美しい光沢を放っている。

大輪の花のようなデザインは夏の日差しの中、すっくと輝くコケコッコー花——ホリホックを連想させた。

「きれい……」

花の精になったみたい、と呟きそうになり、アンはきつく唇を結んだ。

高校生にもなってなに思ってるんだろ⁉　恥ずかしい！

渋い顔で口を一文字に結んでいると、もみじがアンの瞳を覗き込んだ。

「こういうデザイン、好きじゃなかった？」

ぐっ、と唇を嚙む。そんなに心配そうな顔をされたら本心を言うしかない。

アンは真っ赤になってうつむいた。

「か、かわいい……すごく。ドレスが本当にすごくかわいくて、ありがとう」

「よかった、アンに似合うと思ったんだ。花の精みたいだよ」

ぬあああああ、言わないで〜〜っ！

これ以上赤くならないと思った頰がさらに熱を帯びた。

「アチチ、やだねー見てられないねー。これじゃオレ様が浮くじゃないか」

ワガハイはアンの頭にのぼりながらアンの癖毛をきれいに巻き、自身のジンジャーオレンジの毛並みと馴染ませた。最後に、ぽんっ、と帽子に姿を変え、レースと真珠、ドレスの色に合わせた大きなリボンが花開く。

「重い……」

「オシャレには鍛錬がいるのさ」

羽根飾りに見せかけた尻尾が愉快そうに揺れた。

「すてきだよ。ワガハイもいい変身だね」

いつの間にかもみじの服装も変わっていた。夜空のベールを変化させたものらしく、コートに似たやや丈の長い上着に星雲や星々が瞬く。金と銀の刺繡がふんだんにあしらわれた白のベストに、上着と同素材の膝丈キュロット。袖口と足元はたっぷりしたレースに彩られている。端正な顔立ちとあいまって本物の貴族みたいだ。

「もみじ君かっこいい」

ありがとう、と少年ははにかんでアンに手を差し出した。

「行こうか」

舞踏会なんて別世界だ。場違いなんじゃないか。そう思っていたのに華やかな衣装を着て、もみじにエスコートされると戸惑いは薄れた。

アンは映画でしか見たことのない絢爛豪華な装いの人々の間を颯爽《さっそう》と進んだ。背丈こそ大人に及ばないが、凛とした佇《たたず》まいのもみじは誰よりもすてきだ。

この世界の中心である〈シンデレラ〉に近づくにつれて霧は晴れ、楽隊の演奏がはっきりと聞こえる。すてきな会場にアンの胸は高鳴った。ところが王子様と踊る〈シンデレラ〉の姿を目にしたとたん、血の気が引いた。

人垣を抜ける直前でもみじの手を振りほどく。

「ま、待ってもみじ君、私踊れない、踊ったことないっ」

夢心地が一転、悪夢になったみたいだった。

光に満ちたダンスホールで紳士淑女が軽やかに舞い踊る。みんなが踊る中で棒立ちなんて不自然だ。悪目立ちして〈登場人物〉に絡まれたら面倒なことになる。なにより、このすてきなドレスを滑稽なダンスで台無しにしたくなかった。

いたたまれない気持ちになるアンと対称的にもみじは余裕の表情だった。

「任せて」

少年がアンの手を優しく取り、一歩距離を詰めた。次の瞬間、アンの右足がすっと後ろに下がった。左膝がしなやかに曲がり、もみじと呼吸のあったターンをする。

「えっ、あれ⁇」

びっくりしてもみじに摑まるが、その間もアンの足は伸びやかなステップを踏んだ。

困惑して視線を返すと、もみじはおかしそうに目を細めた。

「ガラスの靴じゃないけど、魔法の靴は出せるよ」

「じゃあこれ、もみじ君の想像力？　力が戻ってきてるの？」

司書が想像したことは迷宮で実体化する。その能力でこの異界を管理するのが迷宮司書の務めだが、セージは伊勢もみじという〈著者〉の面を持ってしまったために能力の大半を失っていた。蝶を操るのでやっとだったはずだ。

ケケ、とアンの頭上からワガハイの声が降った。

「にぶちんだね、小娘ちゃん。星屑の映像やそのドレスを出したのは誰だい？」

「まだまだ、ほんのちょっとだよ」

間近でもみじに囁かれ、いまさらになって距離の近さを知った。

アンは頬が熱を帯びるのを感じた。赤くなっていることに気づかれていないかと思うと、ますます顔が熱くなる。

「ドレスは重くない？　できるだけ軽くしたけど、やっぱりある程度の重さがないと生地が揺れたとき、きれいなラインが出ないから」

「ううううん、ぜっんぜん、全然重くない！　重いのは頭のぽっちゃり猫」

「にゃ!?　このキュートで計算された美ボディのどこがぽっちゃりだ！」

羽根飾りがぶんぶん揺れ、帽子のつばに擬態したジンジャーオレンジの毛が逆立つ。

もみじが吹き出して笑った。

レースを重ねたドレスが翻る。星の瞬く衣装をまとった少年のリードで軽やかにステップを踏み、優雅に回転する。初めはぎこちなく、靴に体を持っていかれるばかりだったが、慣れてくるとしだいに動きは大胆に、ダンスを楽しむ余裕も生まれた。

夢のような時間だった。真昼に咲くホリホックの花と星夜のコート。昼と夜が巡るようにくるくると回る。

ふと、もみじがにこにこしていることに気がついた。

「どうかした？」

「気づかない？　靴はもう戻したよ」

「えっ？」

ステップが乱れ、慌てて立て直す。アンは信じられない思いで自身の足元を見た。

繰り返すうちにすっかり動作が身についていたのだ。

「本当だ、踊れてる……私、踊ってる！　わっ」

油断するとバランスを崩すのは魔法の靴の補正がなくなった証拠だ。

「私もまだまだだね」

アンともみじはくすくすと笑った。

そのとき、どこからともなく大きな鐘の音が響いた。

〈シンデレラ〉が王子様に一礼して去っていく。魔法が解ける時間になったのだ。

「十二時だな。はー、やれやれ、やっと帽子役はしまいだな」

ワガハイがぼやくのが聞こえ、アンたちもダンスをやめた。

「舞踏会、終わっちゃうんだ……」

「ぼくたちも現実に戻る時間だね」

「え？」

「お母さんとの夕食会。今晩、来てくれるんだよね？」

「あっ！」

すっかり忘れていた。作品世界が夜なのでうっかりしていたが、現実はまだ夕方でアンは自室で仮眠中だ。

「……じゃあ、またあとでだね」

名残惜しく思いながらもみじの手を離すと、少年は優雅に一礼した。

2

目を開けると天井があった。午後五時。夕方になっても夏の日差しは強く、カーテンを閉め切った部屋をほの明るく照らしている。

アンは寝返りを打ち、枕に顔をうずめた。

楽隊の演奏。翻る美しいドレス。ダンスのステップを体が覚えている。舞踏会の余韻は甘く、頭と心がふわふわした。

「不気味だし怖いことがたくさんあるけど……図書迷宮って、やっぱり特別」

まだ夢の中にいたい。そんな誘惑に駆られたが千冬との食事会が控えている。よし、と勢いよく身体を起こし、部屋をあとにした。

一階に下りたところでダイニングからリッカが顔を覗かせた。

「ちょうどいいところに。外でノトを手伝ってくれる？　今晩はジンギスカンだよ」

羊肉を帽子みたいな形の鉄鍋で焼く料理だ。外食かと尋ねると、リッカは笑った。

「お店もいいけど、家でも作るよ。いつもはホットプレートでちゃちゃっとやっちゃうけど、今日はアンちゃんのお母さんが来るから。ジンギスカンパーティーさ」

「ジンギスカンパーティー！」

なんだか楽しそうな響きだ。

「お母さんは六時半に来て、今日はうちに泊まってくって」

「本当ですか！」

だけど泊まりって……大丈夫かな？

千冬の多忙ぶりはアンがよく知るところだ。夕食だけでなく宿泊となると通信環境の悪い屋敷では不便だろう。心配に思う一方、千冬といられるのは嬉しかった。

玄関を出ると、見慣れないテントが目に飛び込んできた。庭の隅にタープテントが張られ、駐車場の前でノトがブロックを組んでいる。

「ノトさん、お手伝いにきました」

「ああ、助かるよ。軍手履いてね。あとこれも着て、難燃だから」

ノトはマウンテンパーカーとグローブのような軍手を差し出した。

履くって、はめるだっけ。アンは頭の中で翻訳しながら衣類を受け取った。サイズが大きいが、袖口のマジックテープで手首を締めて軍手をすると不便はなかった。

「なにしてるんですか？」

「コンロ、焼き台を組んでるんだよ」

「そこから⁉」

「炭火がおいしいんだ」

うふふ、とノトは嬉しそうにコンクリートブロックの上にレンガを並べていく。欠けや焦げ跡の残るレンガは年季を感じさせた。

「着火剤使ってもいいんだけどね、うちは薪に困らないから。アンちゃん、火起こしやってみる？」

やったことがない。焼き台だって見るのも初めてだ。

「少し見てていいですか？」

「もちろん。このほそっこいぼっこ……細い枝とか木っ端で組んで、だんだん大きい枝にしていくんだよ。ぎっちり組むと空気が入らなくて、うまく火がつかないんだ」

ぽいぽいと無造作に投げ込んでいるようで、細い枝や木っ端の間には絶妙な隙間があり、枝が重なっても潰れない。

「よし、火をつけよう。お願いできるかい」

ここまでお膳立てされれば火をつけるだけだ。アンは専用のライターで着火した。

ライターの青い炎が太い枝をチロチロと舐める。しかし火がつかない。細い枝に炎を向けると削りかすのような枝はボッと燃え尽きてしまった。

「なくなっちゃった……」

「いや、いいところに気づいたよ。太い枝より細いほうが燃えやすいんだ。大切なのは空気の流れだ」

焼き台の前にしゃがんで、ノトの説明に耳を傾ける。しばらくやってみて燃えすぎてもいけないとわかった。火力があっても燃焼時間が短いと太い枝や木炭に火が移る前に消えてしまうのだ。

「薪が足りなくなりそうだね。割ってくれるかい？」

「えっ⁉」

「大丈夫、ナタだから扱いやすいよ。――セージ君、教えてあげて」

タープテントで大テーブルをセットしていたセージが顔を上げた。両手に軍手をはめ、乾燥した選定枝の束から形のよいものを選ぶ。

アンはそばへ行ったものの、ナタを見て気後れした。包丁は辛うじて使えるが、ナタなんて一度も触ったことがない。

「あの、私、こういうの持ったことなくて」

「………一緒にやろう」

セージはナタの持ち方や力の入れ方、木の繊維の見方を実演しながら教えてくれた。

一通り説明すると、刃先で薪の年輪に傷をつけてアンにナタを差し出した。

教わったとおりに柄に近い部分の刃を年輪にかませ、トン、トン、と薪ごと薪割《まきわ》り台に打ちつける。途中まではすんなり刃が入ったが、ある一点から動かなくなった。いくらやっても思うようにいかず、苛立ちが募った。

やっぱりむりだよ、やったことないんだし。

言葉が喉まででかかったとき、昨晩の体験が脳裏をよぎった。

ダンスホールに立ったときは踊り方すら知らなかった。だがもみじの魔法の靴で踊る最後は魔法の補助がなくても踊れるようになった。

そうだ……ダンスとおんなじだ。初めてなんだから最初からできなくていい。大事なのは、そのあと。繰り返し、丁寧に。できるようになるかは私しだいなんだ。

肩に入った余計な力が抜けた。教わったことを頭の中でおさらいし、力加減を変えながら刃をかませた薪を台に打ちつける。

試行錯誤していると、出し抜けに、ぱかんと音がして薪が真っ二つになった。

「割れた！」

喜ぶアンをノトとセージが温かく見守っていた。

炭が赤々と燃え始めた頃、テントの大テーブルには総菜やスープ用のポット、特大のおにぎりが並んだ。虫除けが焚《た》かれ、ランタンの明かりが灯《とも》る。豪華なキャンプのような雰囲気だ。

火起こしの大役を終えたアンは額の汗を拭い、ほっと一息ついた。テーブルの端に座るスーツの女性に気づいたのはそのときだ。

「千冬さん？　いつからそこに。来るのは六時半じゃあ」

「もう七時前よ」

テントから出てきた千冬が腕時計を見せた。

「全然気づかなかった……！　ごめんなさい」

「顔、黒くなってる」

千冬がきれいな指先でアンの顔についた煤《すす》を拭った。その表情は薄く、なにを考えているのかわからない。そのままテントに戻ろうとしたので、アンは慌てた。

話が終わっちゃう。

「千冬さん、今日の昼に屋敷にいた？」

とっさに思い浮かんだのは正面口で見かけた人影のことだ。スーツであれほど優雅に歩く人を千冬以外に知らない。

「いえ？」

「そう……だよね。なんでもない、気にしないで」

そう、と千冬はそっけなく返してテントに戻っていった。

ああ、またやっちゃった……。

もっとうまく話したい。ぎくしゃくしないように。その思いと裏腹に千冬との会話は一言二言で終わってしまう。ここ数年、ずっとこの調子だ。

「みんな準備できたね。肉焼くよ！」

肉をどっさり載せた大皿を携えてリッカがやってきた。肉の登場にノトは喜び、セージは無言で目を輝かせている。

「美原さん、お酒いけますか」

ノトの誘いに「いただきます」と千冬が答える。

予定より少し遅れてジンギスカンパーティーが始まった。

もやし、キャベツ、ピーマン、シシトウ、トウモロコシ。羊脂をたっぷり塗った鉄鍋に季節の野菜と羊肉が豪快にのる。三白眼を光らせて鉄鍋の野菜と肉の世話するセージの横で千冬とノトがビールの入ったグラスを傾けた。

「驚きました、札幌の町中でバーベキューができるなんて。これだけ敷地が広いと煙や火事の心配も少ないですね」

「昔はどの家庭でも見られたんですよ、庭や玄関先で」

「アンちゃん、ラム肉平気？　牛肉もあるよ」

トング片手にリッカが尋ねる。焼き台は半分がジンギスカン、もう半分はバーベキューという贅沢なつくりだ。

アンは返答に迷った。小さな頃に食べたラム肉は独特の臭みがあった。おいしかった記憶はあまりない。悩んでいるとリッカが言った。

「じゃあカルビ焼こうか」

「いいえ、食べたいです！　ラム肉お願いします」

失敗したくない。知らないものより知っているもののほうが絶対いい。

そんな気持ちから馴染みのあるものを選びがちだったが、本を読むようになってから不思議と〝知らないもの〟が面白くなった。失敗やアタリハズレより、触れてみたときの驚きや新たな発見に心が動く。

「わかった、焼き加減は任せて」

リッカが網にラム肉をのせ、ほどよい焼き色に仕上げていく。ジュージューと脂が滴り、いい香りがした。そこに羊独特の匂いがわずかに混じる。

う……やっぱり苦手かも。

「はいよ！」

威勢のいい声と共にタレと焼きたてのラムが入った皿が出てきた。

「い、いただきます」

アンはタレを絡め、一口で頬張った。

熱々の肉をはふはふ言いながら噛むと、じゅわっと肉汁と脂が口いっぱいに広がった。甘くスパイシーなタレと肉の味が溶け合い、旨《うま》みが弾ける。

「ん～～、おいしい！」

自然と頬が緩んだ。フルーティーで濃厚なタレとの相性も抜群だ。ラムの脂が残るかと思ったが口溶けはさっぱりとして甘みすら感じられる。

タレだけの小皿を見下ろして、急に口が寂しくなった。

「どうしよう、無限に食べられる……」

リッカが白い歯をこぼして笑った。

「なんぼでも食べらさるね！」

「たべら、さる？」

「お箸がとまんないねってことさ。どんどん焼くね！」

「ジンギスカンもある」

横からセージが野菜と肉を山盛りにした小皿を差し出した。

「…………山盛りすぎません？」

「…………少なくないのか」

真顔で訊かれ、アンは小さく吹き出した。

「美原さんもこっちにどうぞ。ビールもじゃんじゃん飲んで！」

日が暮れてランタンの光が柔らかくあたりを照らす。夜の訪れは東京よりゆったりとして、時間の流れまで緩やかに感じられた。

炭火の音と賑やかな話し声、おいしい食事の並ぶ食事会は和やかに進んだ。

初日の険悪な空気からして厳しくチェックされるかと心配したが、千冬は会話を楽しみ、時折笑顔を見せている。

よかった。だけど……ちょっと元気ない？

アンは火の番をしながら、ノト夫妻と話す千冬を眺めた。海外からの移動と慣れないホテルでのリモートワークで疲れが溜《た》まっているのかもしれない。

そのとき、千冬と視線がぶつかった。

千冬はグラスを手に会話を抜けると、アンの隣の簡易スツールに腰を下ろした。

「いい人たちね、ご夫妻も籾さんも」

うん、とアンは返した。千冬はそれ以上言葉を発さず、沈黙が落ちた。

パチパチと炭が燃える音があたりに染みる。

穏やかに揺れる炎を眺めていると不思議と思いを口にすることができた。

「千冬さん、札幌まで迎えに来てくれてありがとう。怒鳴ったりしてごめんなさい」

この数日、伝えたかったことだ。

千冬はうなずき、グラスに口をつけた。

「ここに来てからどんなことがあったか、教えてくれる？」

「最初は……ひどかったよ。お父さんがノトさんたちにちゃんと連絡してなくて」

図書屋敷に着いて早々追い返されそうになったこと。太一と連絡が取れず心細かったことを話すと、千冬は笑みをこぼした。

「太一さんとよく話したほうがよさそうね」

笑顔と声の低さが一致していない。父のことだ、都合の悪い話ははしょっていると思ったが、想像どおりだったようだ。

まあいっか、お父さんだし、と片付けてアンは話を続けた。

「図書館の手伝いをしてるんだ。庭の手入れの手伝いも」

「そう」

「私、本を読むようになったよ」

「そう」

「あと友だちもできたんだ。さゆりさんっていう、おばあちゃんくらいの年の人で」

「そう」

……………どうしよう、全然話が弾まない。

迷宮のことは秘密だが、話したいことはまだまだある。あるのだが、言葉にするのはためらわれた。

千冬さん、忙しいのにむりして付き合ってくれてるんだろうな。

仕事の疲れもあるだろう。そう思うと、あったことをだらだら話すのは子どもっぽく感じられた。アンは頭の中で言いたいことをまとめ、改めて想いを口にした。

「私、ここが好き。まだここにいたい。もし問題が起きても、セージさんたちと一緒に向き合いたい。だからホームステイが終わるまで………だめかな」

「そうね」

平板な調子の声は無関心にも聞こえる。千冬はほとんど空になったグラスを見つめ、ぽつりとこぼした。

「アンは変わったのね」

「え？」

「なんでもない。この話はまたにしましょう」

返事を待たずに立ち上がる。アンはその背中を見送ることしかできなかった。

なぜだろう。ようやく千冬と話せたが、話す前と同じくらい満たされなかった。たくさん言葉を口にした。言いたいことも言えた。だが満たされない。

声が届いた気がしない。千冬がどう思ったのかわからない。肝心なことがなにも聞けないから満たされないのだ。

でも踏み込むのは………怖い。

――――嫌われてる。

母との間にそんな思いが横たわっている。その思いが邪魔をしていると気づきながら、アンは前に進むことができなかった。

§

夕食会は午後九時にお開きになった。片付けを終えたアンは〈モミの木文庫〉に向かった。食べすぎてお腹《なか》がぱんぱんだ。腹ごなしに寝る前に読む本を借りに来たが滞在はできるだけ短くしたかった。

真夜中の図書館に入ってはいけない。

深夜の〈モミの木文庫〉は図書迷宮の影響を受け、怪奇現象が起こる。その時刻までまだ数時間あるが、夜の館内は日中と異なる気配が漂うようでそわそわした。

ここ最近、図書館にいても気が休まらないなあ。

その最たる要因を思い、眉根が寄った。

「本を切り抜くって、なに考えてるんだろ」

なぜそんなことをするのか、まったく理解できない。

うーん、と首をひねったとき、廊下に光の筋が落ちているのが目にとまった。細く開いたドアから図書室の照明がもれている。電気を消し忘れたようだ。

重いドアを開けて戸口の横にある照明スイッチを手探りした。

「アン？」

唐突に名前を呼ばれ、アンは飛び上がりそうになった。

無人だと思った室内に人がいる。千冬が本棚の前に立ち、アンを見ていた。

「どうしたの、こんな時間に」

「寝る前に読む本探そうかなって。千冬さんこそ、どうして？」

「………私も同じよ」

千冬が手にした本を軽く持ち上げてみせた。

意外。千冬さんって小説読むんだ。

家で専門書や英字新聞を読む姿は目にしていたが、小説を読むところは見たことがない。しかも千冬がいまいるのは海外文学の棚だ。ミステリーからラブロマンスまでエンターテインメント作品が幅広く揃っている。

なんの本か気になった。千冬の指でタイトルの一部が見えないが『……リム童話集ベストセレ……』とある。

えっ、童話？

どきっと心臓が跳ねた。千冬が童話。しかもこのタイミングで。

──────まさか、切り抜き事件のこと、バレた？

「アンはなんの本を探してるの？」

「へっ？　あっ、童話」

口にしてしまってからアンは凍りついた。

なに言ってんの⁉　絶対知られちゃだめなのに！

自分のうかつさを呪いたくなる。しかし一度口に出したものは引っ込められない。

どうにか挽回《ばんかい》できないか考えたが、数秒で思いつくはずもない。「どんな童話？」と重ねて訊かれ、背中に冷や汗をかいた。

でもこうなったら、千冬さんが事件を知ってるかたしかめるしかない。

「お、女の子が主人公の童話、読みたくて。『しらゆきひめ』とか」

千冬の瞳にわずかに苛立ちの色が揺れた。

「……それならこの本にも載ってる。ひどい継母が出てくる話は他にもある」

継母？　なんのことだろう、と思う間にも話は続いた。

「『兄と妹』、『灰かぶり』、『ホレのおばさん』、こうした童話が語り継がれるのは、それだけの価値があるから。相応の真実があるということ。…………きっと、ためになる」

千冬は暗い眼差しで本棚に向かい、一冊の本を引き出した。

「私が借りたのと同じシリーズよ。あなたの読みたい作品が入ってる」

本を渡すと、「おやすみ」と言って千冬は図書室をあとにした。

アンはドアが閉まるのを呆然として眺めた。

「絶対怒られると思ったのに」

聞き覚えのあるタイトルを挙げられたときは肝が冷えた。

「………… 〝わかってるぞ〟って意味だったらどうしよう」

手渡されたハードカバーの本には『初版グリム童話集1』とタイトルがある。

切り抜き事件のことならもう知ってる、いつまで黙ってるつもりだ。そんな意味がこめられているとしたら恐ろしい。

ページをぱらぱらと捲ると『かえるの王さま』、『猫と鼠のともぐらし』、『くすねた銅貨』、『狼と七匹の子やぎ』と馴染みのない物語が並んでいる。さらにページを進め、つと手を止めた。

「あれ、『灰かぶり』？　灰かぶりってシンデレラのこと？」

シンデレラといえばペローの『サンドリヨン』だ。なぜグリム童話に収録されているのか不思議に思い、本文に目を通した。ざっと確認するつもりが驚いた。

「魔法使いが出てこない……えっ、鳩？　木にお願い⁉」

そこに綴《つづ》られていたのは見たこともないシンデレラの物語だった。

かぼちゃの馬車もガラスの靴も登場しない。姉たちがシンデレラをいじめるシーンが長く、王子様はタールを使ってシンデレラの靴を入手する。唯一アンが知っていたのはガラスの靴を履くためにふたりの姉がかかとやつま先を切り落とすシーンだ。シンデレラの原作はじつは残酷ホラーなのだ、とＳＮＳや動画でたびたび話題になっている。

「シンデレラってこういう話だったんだ……。だけどグリムの『灰かぶり』とペローの『サンドリヨン』って、どっちが先？」

新たな疑問が出てきてしまった。わからないことを調べると、また新たなわからないことが出てくる。この頃は本の奥深さという泥沼にはまりがちだ。

「それにしても千冬さん、なんで『グリム童話』借りていったんだろ？」

切り抜き事件を知っていると伝えるのが目的なら、本を借りていく必要はない。

「そういえば、今日は一回も東京に連れ帰るって言わなかった」

あれほど強い口調で東京に連れ帰ろうとしていたのに、その話題に触れもしなかった。そもそも今日の夕食会は千冬にセージたちのことを知ってもらい、ホームステイを切り上げる必要はないと説得するためのものだったはずだ。

「どうしたんだろ、千冬さん」

かすかに胸騒ぎがした。

もしも、このとき。

アンが千冬の変化を受け止めていたら。

これから起こる結末はもっと別の形に収まったのかもしれない。

3

青紫色の花に守られた大扉を抜けると、ひんやりした霧と腐敗臭が出迎えた。整然と並ぶ書棚はあいかわらず陰鬱だ。

アンは書棚の通路を歩きながら〈著者〉の少年を探した。

「もみじ君、まだ来てないのかな」

「いや、気配はあるぞ。あっちだ」

我が物顔でアンの肩に陣取ったワガハイがヒゲをセンサーのように動かした。アンは猫が示した方向に進みながらあたりを見回した。

「なんだい、キョロキョロして。もみじはもっと向こうだ」

「ううん、今日はどんな作品世界があるのかなって」

〈亡失〉は恐ろしいし、不用意に〈登場人物〉に関わるつもりはない。だが自分が好きな作品が他の人の目にどう映っているのかは興味がある。

『君を包む雨』、ないかなあ。

利用者の女性はまだ読んでいないようだ。『容疑者Xの献身』や『夜のピクニック』

も映画化されるほどの人気作なので覗いてみたい。しかし迷宮には輪郭が溶けた灰色の幽霊が徘徊するばかりで、それらしい〈登場人物〉は見当たらなかった。

千冬さんが借りていった『グリム童話集』の世界もあるのかな。

想像して、少し気まずく思った。なんだか心の中を覗き見《み》するようで気が引ける。

「そうだワガハイ、グリム童話の『灰かぶり』とペローの『サンドリヨン』ってどっちが先に書かれたか知ってる？」

「そりゃペローさ。ペローが活躍したのは一七世紀後半、グリム兄弟が本を世に出したのは一九世紀初頭。百年以上違う」

「そんなに？　グリム童話が先かと思った。ほら、『シンデレラ』のオリジナルは残酷で怖い話だって言うでしょ？」

「ペローは昔話に当時の風俗や教訓なんかを入れて物語をアレンジしてるからな。創作が強めに入ってるのさ。グリムのほうは口伝えの物語を聞いたり資料を当たったりして昔話を集めたもの。そういう意味じゃ、原型に近いのはグリム童話と言えるな」

へえ、と得心した直後、ふさふさの尻尾で顔をはたかれた。

「ヌハハ、本当に甘いねえ。シンデレラのオリジナルはグリムじゃないぞ。それより以前ナポリ民話で、中国の『葉限《しょうげん》』で、はたまた古代エジプトに同系の物語がある」

「古代エジプト？」

思いもよらない地名に面食らうと、ぽっちゃりペルシャはニヤニヤした。

「シンデレラはヨーロッパだけのもんじゃない。ストーリーが微妙に異なるシンデレラは世界中にいるのさ。賢くて長生きで超キュートなオレ様に言わせれば、グリムくらいでじつは怖いと決めつけるなんてニンゲンはせっかちさんだ」

アンは天を仰いだ。ひとつわからないことが解決しても、また新しいわからないことが出てくる。

沼だ、本って底なし沼。そう思いながら沼に突き進む自分が悲しい。

「グリムより前の時代のシンデレラの本、図書屋敷にある？」

「まずは『ペンタメローネ』じゃないか？　詳しいことはセージに聞け」

忘れないようにタイトルを口の中で転がしていると、前方に〈シンデレラ〉を見つけた。輪郭は夕方よりはっきりして、現実の人に近い姿になっている。

そのとき、交差する通路からもみじが駆けてきた。

「ごめん、遅くなった！」

「ううん、私もいま来たところ」

「いつ〈亡失〉が起こるかわからない、急ごう」

〈シンデレラ〉に近づくと書棚の通路がぼやけた。濃霧があたりを満たし、真っ白な闇に包まれる。そこに、ぽっ、とロウソクの火がひとつ揺れた。次の瞬間、クリスタルのシャンデリアが浮かび上がり、アンたちは巨大な回廊に立っていた。

大きなシャンデリアがいくつも連なり、数千のロウソクが煌々《こうこう》と燃えている。アーチ型の天井は天井画で埋め尽くされ、壁には巨大な鏡と燭台《しょくだい》を抱えた黄金の像がとぎれることなく続いていた。

「ヴェルサイユ宮殿かな。舞踏会の真っ只中みたいだね」

もみじはアンのほうを向き、「お手をどうぞ」と手を差し伸べた。

芝居がかった動作に笑いながら少年の手に触れた瞬間、地味なシャツとエプロンがシフォンを重ねた華やかなドレスに変わった。

もみじの衣装も昨日と同じ星屑の衣装に変化している。

「準備できたな、さくさく行こうじゃないか」

ワガハイがもみじの頭に飛び移り、トリコーンハットの飾りに擬態した。

〈シンデレラ〉の世界は夕方とはまた異なる風景になっていた。

「なんか暗いね」

ロウソクの光は遠くまで届かず、そこここに薄闇が落ちている。揺らめく炎でシャンデリアや金の装飾が妖しく煌めくが、ほの暗い輝きはかえって闇を濃く見せた。

さらに奇怪なことがもうひとつ。

「あの顔、どうしたんだろ」

どの女性の顔も気味が悪いほど真っ白だ。白粉《おしろい》を塗りたくった顔に発色の強い頬紅を差し、真っ赤な口紅と付けぼくろをしている。

「十七世紀に流行した化粧だね。白いほど美しいって思われてたんだよ」

「流行⁉」

『シンデレラ』を新たに読んだ人の影響でおかしな具合になったのかと思ったが、へんてこなメイクが流行《はや》った時代があるとは驚きだ。

「照明は妙にリアリティがあるし……この理屈っぽいかんじ、高見の影響かな」

もみじの呟きにアンははっとした。

「そうだった、赤茶色の全集、高見さんに貸したんだった」

高見のことだ、時代背景や関連作品をしっかりチェックしたのだろう。

暗い照明に奇妙な化粧の女性たち。ディティールが細かくなって世界観に厚みが出た反面、キラキラした雰囲気が吹き飛んでしまった。

「シンデレラの世界がこんなふうに見えるなんて、ちょっと気の毒」

花やリボンが舞う砂糖菓子のような世界や映画のワンシーンのような絢爛豪華な舞踏会を体験したあとでは、なんとも味気ない。それでもこれだけ緻密な世界を描けるのだから高見は相当の本好きなのだろう。

ダンスの形式は前回と別物になっていた。オルガンのような音色に合わせ、男女は一定の距離を保ってくるくる回り、ぴょんぴょん跳ねる。高見の想像力ではステップは厳密ではないらしく、先の読めない奇怪な舞踏になっていた。

逆に難しい……！

アンは冷や汗をかいた。魔法の靴のおかげで周囲から浮かない程度にごまかせているが、気を抜くと一人だけ別の方向に飛び出しそうになる。

悪戦苦闘するアンと異なり、もみじは苦もなく安定したステップを踏んでいる。奇怪な舞踏のもとになったダンスを知っているようだ。

どうにかステップのパターンを理解してきたとき、もみじが囁いた。

「犯人のことだけど、気がついたことがあるんだ」

アンは顔を上げ、目顔で話の続きを促した。

「被害に遭った作品はすべて女の子が主人公でハッピーエンドだって言ったの、覚えてる？　そのときに少し話したけど、もうひとつ特徴があるんだ」

「特徴？」

「女の子がハッピーエンドを迎える話なら『美女と野獣』でも『ものいう鳥』でも『ロバの皮』でもいいはずだ。だけどそういう作品はひとつも被害に遭ってない。つまり、犯人は内容を熟知した上で傷つける作品を選んでるんだ。特定の作品に執着してる」

執着、という言葉に胸がざわめいた。ただの愉快犯ではなく、その暗い感情を満たすために本を切り抜いているということか。

「念のため〈モミの木文庫〉の貸出記録を調べたけど、童話関連の貸出で気になるものはなかった。ただ、おかしなことがあって──」

ダンスが離れて踊るパートに入り、もみじと距離が開いた。

もう、肝心なところで！

駆け寄って話の続きを聞きたいが、目立つと〈登場人物〉に気づかれかねない。じりじりした思いで周囲と動きを合わせ、再びパートナーと並ぶパートを待つ。

声が届く範囲に来ると、堪えきれずに訊いた。

「もみじ君、もしかして犯人がわかった？」

「…………たぶん」

「本当！」

声が大きくなってしまい、アンは身を縮めた。幸い〈シンデレラ〉のところまで声は届かなかったようだ。もみじは言葉を選ぶようにして慎重に言った。

「さっき迷宮を歩いて確信した。考えるべきはなにが起きたかじゃない。なにが起きなかったかだったんだ。そのことをもっと意識しなきゃいけなかった」

詳しく聞こうとしたとき、それは起こった。

唐突にふっ、と明かりを吹き消したように人々が色褪せた。

ロウソクは光を失い、優雅な演奏は壊れたオルゴールのように音を外す。紳士淑女たちはカサカサと乾いた音をたててしぼみはじめるが、当人たちは笑いながらダンスに興じている。

不気味な光景に背筋が寒くなった。花が枯れるみたいに生気が失われ、世界観の厚みが急速に消えていく。

そのとき、おおおおお、と暗い振動が空気を震わせた。

「な、なに」

周囲に目を走らせるが、音のでどころが判然としない。

どこからともなく生臭い風が吹いた。獣のようなうなりをあげて風が会場を渡る。次の瞬間、紳士淑女の首がいっせいにねじれた。

バリバリ。ゾリゾリ。クシャクシャ。紳士淑女は紙のようにひしゃげ、潰れ、紙片となって散っていく。

「〈亡失〉だ！」

帽子飾りのワガハイが叫ぶのと同時にもみじがアンの手を取って駆け出した。

「走ってアン！　犯人が接触してきた！」

少年の言葉に頬を打たれたような衝撃を覚えた。

事故でも災害でもない。いまこの瞬間、自分勝手に本を傷つける者がいる。その事実が怒りを呼び覚まし、行動する力に変わる。

アンは脚にまとわりつくドレスをたくしあげ、思いきり床を蹴った。

作品世界の崩壊は物語の中心——王子様と踊る〈シンデレラ〉から離れたところから起こっている。犯人の想像力のせいで世界が歪み始めているのだ。

紳士淑女は立体感を失い、ぺらぺらの紙人形になっていた。カチ、カチ、と単調な音に身をゆだね、ダンスに興じる。すぐ隣の人が不気味な風に首をもがれても、のっぺりした笑顔で役割を演じ続ける。

ダンスをしないアンともみじは紙人形たちの不評を買った。勝手な動きを封じようとふたりの行く手を阻み、踊りの輪に取り込もうとする。

髪やドレスを引っぱられ、アンは何度もその手を振り払った。

「もう、助けるためにやってるのに！」

「ムダだ、そいつらは世界の一部。目立つな、こっそりやれ！」

帽子に擬態したワガハイが猫パンチで淑女を退けた。

仕方ない、と声がしたかと思うともみじがアンの手を握り直した。

「前回のダンス覚えてる？」

はっとしてその手を強く握ると、もみじはホールドの姿勢を取った。

伸びやかなリードで紙人形をかわし、踊りの輪をすり抜ける。息の合ったステップを見せると、紙人形たちは急に無関心になり、自分たちの役割に戻った。

「このまま行こう！」

うなずいてもみじのリードに合わせた。王子様と踊る〈シンデレラ〉のところまでそう遠くないが、回廊の大半が闇にのまれ、最初とは比べものにならないほど縮んでいる。〈亡失〉が近い。ひたひたと迫るそのときを肌で感じ、焦りが募った。

「どうやって犯人の情報を見つけるの⁉」

「この世界観そのものが手がかりだよ。まわりをよく見て、想像に混じって犯人が目にする風景や本人のイメージがこぼれてるはずだ！」

そう言われても……！

目につくのは破滅の様子ばかりだ。千切れた紳士淑女がなにごとかを呟きながら闇に吸い込まれていく。アンの背中を冷や汗が伝った。一秒でも早く犯人の手がかりを見つけなければ。

そのとき、暗闇に鈍い光が揺れた。

光？

世界が歪んでからこの世界の光は失われたはずだ。視線を戻し、アンは息をのんだ。

「も、もみじ君」

回廊の壁には大きな鏡がいくつも並び、暗闇を映している。会場の闇を映していると思っていたが、そこにはまったく別のものがあった。

カチ、カチ、カチ。メトロノームのような単調な音と共に大きな刃がスライドする。細長いブレードと特徴的な斜めの刃――カッターナイフだ。

天井に届くほど大きな鏡いっぱいに巨大なカッターが浮かんでいた。刃先がスライドするたびに鈍い光が揺れる。

そのカッターの奥、暗闇の中に巨大な双眸が浮かんでいた。

暗く淀んだ眼《め》。ぽっかりと空いた穴のような黒い瞳がこちらを見下ろしている。鏡の闇から生臭い吐息がこぼれ、残忍な風となって紙人形を食いちぎった。

アンはゾッとした。

人だ。鏡の向こうに誰かがいる。

そのとき、十二時を告げる鐘が鳴った。〈シンデレラ〉がダンスをやめ、慌てていとまを告げる。未来の花嫁を逃すまいと王子が引き留めようとすると、シャンデリアや鏡がカタカタと震えた。作品世界全体が振動で揺れている。

震源は鏡の向こうだった。カッターを握る手が怒りに震えている。そして闇の中からぬうっと大きな顔が浮かび上がった。

憎悪に唇を引き攣らせ、噛みしめた歯の間からうなり声がもれる。その眼は抑えきれない怒りと快楽に爛々《らんらん》と輝いていた。怖気をふるうほど残忍で、卑しい表情。

人はこんなにも醜い顔ができるのか。

剝き出しの悪意にアンが衝撃を覚える中、巨大なカッターナイフが振り下ろされた。

しまった！

刃先は見えない壁に激突し、落雷のような音を轟かせた。〈シンデレラ〉の世界に亀裂が入り、無数の裂け目が走る。

アンが亀裂を修復しようとしたとき、幾千万もの蝶が湧き立った。

「ぎゃあああああ！」

天地を揺るがすような絶叫が響いた。見ると、巨大な顔に白く燃える蝶がたかっている。蝶の群れが亀裂を抜けて犯人の夢に入ったのだ。目元を炙《あぶ》られた巨大な顔はたまらない様子でまとわりつく蝶を払った。

とたんにもみじが驚愕《きょうがく》の表情を浮かべた。

「どうして……!?　この手応え、まさか犯人は」

なにか言いかけたとき、再びカッターが振り下ろされた。刃先が物語の境界を突き破る。すかさず蝶の大群が刃先を押し返し、それ以上の侵入を許さない。

犯人の憎悪ともみじの想像力が拮抗《きっこう》し、ビリビリと空気が震える。衝撃波でそこら中にできた亀裂がさらに深く裂けた。間髪入れずに無数の針と透明な糸が舞い、素早く亀裂を縫い上げていく。もみじの想像力だ。アンも絆創膏《ばんそうこう》をイメージして加勢した。傷が癒えるよう願いながら片っ端から亀裂に貼りつける。だが数が多すぎた。

「だめだ〈亡失〉する！　アン、外に出て！」

「もみじ君は⁉」

返事はない。巨大なカッターナイフを押し返しながら破れた世界を縫い止めるので手いっぱいなのだ。

ワガハイが猫の姿に戻り、もみじからアンの肩に飛び移った。

「行くぞ小娘ちゃん！」

「だめ、もみじ君が一緒じゃなきゃ！」

「忘れたか、人間が迷宮で死ねば現実でも死ぬんだぞ！」

「そんなのもみじ君だって同じだよ！」

むしろ重要なのはもみじのほうだ。迷宮の主が命を落とせば、図書迷宮のそのものが消滅する。

「なにか手はない⁉」

焦りで声が高くなる。ワガハイは悔しそうに耳を伏せた。

「せめてちゃんとした司書がひとりでも残ってればな……！」

空間がひしゃげる音が地鳴りのように響く。物語の世界が押し潰されかけているのだ。

いつ破裂してもおかしくない。

アンは亀裂を絆創膏で埋めながら、うつむきそうになる顔を上げた。

まだだ、絶対あきらめない！

ピンチは初めてではない。不安が実体化するこの異界で、幾度も困難に直面し、乗り越えてきたではないか。弱くても未熟でもできることがある。

考えるんだ！

考えること。それこそが迷宮司書が持つ唯一にして最大の武器だ。迷宮に関する知識とこれまでの経験を総動員して、窮地を脱する手立てを探る。

どうやって脱出したらいい？　〈亡失〉を防ぎながら、安全にふたりで。犯人を遠ざける方法は。作品世界の崩壊が止まらない。半端な想像じゃ力負けする。だめ、時間がないせめて時間が止められたら――――時間を止める？

ある光景が脳裏に弾け、アンは叫んでいた。

「蔵書票！　ワガハイ、蔵書票は!?　犯人の想像力は夢を通して流れ込むんだよね。だったら剝がせばいい、蔵書がただの本に戻れば想像力は止まるでしょ!?」

怪訝な顔のワガハイだったが、話が終わる頃にはニタニタ笑いを浮かべていた。

「現実側から物理的に止めるってことか。力業だねえ。気に入った！」

閉館作業のときにシンデレラを扱った蔵書が貸出中ではないことは確認している。

「本は館内にあるはず、行くよ！」

「アン待って！　危険だ！」

もみじが鋭く叫んだが、アンは振り返らなかった。

急がなくちゃ！

作品世界の外へ向かうにつれて風が渦巻く。強風に押し返されそうになりながらアンとワガハイは夢中で駆けた。

4

白亜の大扉を出ると、はっと目が覚めた。

暗闇の中、枕元のスマホを手探りで摑む。強い光に目をしばしばさせながら確認すると時刻は午前一時八分だった。

図書迷宮は時間の流れが現実と異なる。こちらの一分一秒がどれくらい長いのか見当もつかない。急いでベッドを出て電気をつけた。

「ライト、明かりになるものは」

スマホは図書館に持ち込めない。防犯ブザーにライトがついていたことを思い出し、それを手に部屋着のまま廊下に飛び出した。

屋敷は寝静まっていた。防犯ブザーの小さなライトで足元を照らす。階段の踏み板がギシッと鳴るたび、音の大きさに肝が冷えた。慎重に。しかし大急ぎで。はやる気持ちで一階に下り、クローゼット代わりの廊下を抜ける。内扉を開けたとき、ようやく息がつけた。ここからは物音を気にする必要はない。

「被害に遭ったの、どの『シンデレラ』だろう……！」

シンデレラに関する本は館内に複数ある。狙われているのは童話だと思い出し、児童書コーナーのある図書室に駆け込んだ。

電気をつける時間も惜しかった。手元のライトで背表紙を照らし、本を探す。

「絶対この棚のどこかにある」

〈亡失〉は本が傷つけられた瞬間ではなく、犯人の想像力が迷宮に流れ込むことで発生する。日中に犯人が本を傷つけたことに気づかなかったのは痛恨だが、蔵書票さえ剝がせれば作品世界の〈亡失〉は止められる。

そのとき、金色の文字がきらりと光った。

整然と並ぶ書籍の上に本が一冊無造作に投げ込まれている。背表紙に書かれた『ながぐつをはいたねこ』のタイトルがライトを浴びて光っていた。

飛びつくようにして赤茶色の全集を引き出し、床に広げた。

「やっぱり！」

それは『サンドリヨン』の物語にあった。挿絵の端が線を引いたように長く切り裂かれている。

本を裏返し、見返しに貼られた蔵書票に触れた。覚悟を決めてきたはずが、いざそのときになると迷いが生まれる。これは物語の命を奪う行為だ。

ごめん、と心の中で唱え、銅版画の蔵書票を引っ張った。

糊付《のりづ》けされた紙片を剝がした瞬間、胸に鋭い痛みが走った。激痛のあまり息を詰める。構わず剝がすと、アンの手の中からふっ、となにかが失せた。灯火が消えたような、とりかえしがつかないことが起きたような喪失感にのまれる。

胸の痛みが治まるのを感じながら冷たくなった本を見つめた。

「〈亡失〉、止まった……？」

夜の〈モミの木文庫〉は不思議なざわめきに満ちている。蔵書が密やかに囁き、息づいている。気配に満ちているようでなにもいない。

こっち側からじゃ、よくわからない。迷宮に戻らないと。

アンはライトと赤茶色の本を手に立ち上がり、ふと思った。

「そういえばこの本、なんでこんなところに」

――アン、後ろ！

出し抜けにもみじの声が聞こえた気がした。驚いて振り返った刹那、鈍く光るものが頰をかすめた。アンはよろめき、その場に尻もちをついた。

「な、なに……？」

ドクドクと脈動が鼓膜を叩く。

よろけた拍子にライトを落とし、明かりは本棚の下を照らしていた。暗くてよく見えない。光の当たらない闇はいっそう暗く、かろうじてものの輪郭がわかる程度だ。

その闇の中で、ぬらりと動くものがあった。

「……っ！」

驚きのあまり悲鳴も出なかった。

人影だ。闇より濃い、真っ暗な影が立っている。

違う、きっと幻だ。

真夜中の図書館は夢と現の境界があいまいになり、奇妙な現象を呼び込む。これは本当じゃない、存在しない物語の幻影だ。そう思おうとするが、人影から体温や息づかいが伝わってくるようで、背筋を冷たいものが伝った。

暗闇と恐怖が不気味な影を大きく見せる。人のように見えるが、なにか別の得体の知れないものかもしれない。と、人影が握りしめているものが光を吸って鈍く光った。

――カッターナイフ。

理解した瞬間、全身が粟立《あわだ》った。

とっさに床を手探りするがライト付きの防犯ブザーは離れたところに転がっている。

逃げろ。頭の片隅で冷静な自分が叫ぶが、恐怖が判断力を奪う。体が動かない。自分の肉体ではないかのように筋肉が硬直し、縮こまっていく。

逃げなきゃだめ、早く。動け、動け!!

自身に命令するが、ぶるぶると震えるだけで声すら出なかった。

人影が近づいてくる。助けを呼ばなきゃ逃げなきゃ防犯ブザー走れば助かる追いつかれたら刺され目を逸《そ》らしたらなにをされるか逃げなきゃ――嵐のように思考が渦巻き、なにも決められないまま千切れていく。

カッターが振り上げられ、高笑いするように光が躍った。

その瞬間、シャーッ、と猫が威嚇するような音が響いた。

「ぎゃあああ！」

奇妙な音に重なって人影が悲鳴をあげて身もだえる。唐辛子のような刺激臭がしたかと思うと、アンはいきなり腕を摑まれ、本棚の陰に押し込まれた。

細い腕がものすごい力でアンの両肩を摑む。

「大丈夫、ケガは!?」

窓から淡い月明かりが射し、その人を照らした。

髪は乱れ、顔は青ざめている。いつもの冷静な表情などどこにもない。

アンはぽかんとして、その顔を見つめた。

「千冬さん」

§

時は、アンが深夜の〈モミの木文庫〉へ向かう一時間ほど前に遡る。

千冬はベッドに座っていた。籾家の客室は居心地よく整えられていたが、深夜0時を過ぎても眠気は起こらなかった。仕事をして時間を潰したが、それも終わってしまった。

なにを見るでもなく室内を眺めていると、ベッドサイドに置いた本に目がとまった。

『初版グリム童話集ベストセレクション』と銘打たれたハードカバーだ。

どこにでもある、ただの本。頭でわかっているのに、その本を目にすると苦いものがじわりと胸に広がった。

――全部読まなくて結構です。『ヘンゼルとグレーテル』、『しらゆきひめ』、どちらかだけでも。読んでみてください。

夕食会の席で、痩せた狼のような青年はそう言ってこの一冊を差し出した。

そのときのことを思い出し、苛立ちが蘇った。

「どうしてよ」

なぜ童話を。よりによって残忍な継母ばかり登場する作品を薦めるのか。

嫌がらせとしか思えなかった。それでもその場で本を突き返さなかったのは、青年の眼差しが穏やかだったからだ。だが、なによりも。

……………知りたい。

自分の中の欲求を認めたとき、千冬はようやく本に手を伸ばすことができた。

何度も読もうとし、触れることのできなかった物語。

覚悟を決めてページを捲った。


千冬は三人姉妹の長女として生まれた。

多分にもれずしっかり者に育ち、器量がよく、賢いことで評判だった。中学高校ともに成績は常に上位。難関国立大学にストレートで合格し、大手企業に就職。その優秀さは学業外でもいかんなく発揮され、同期や先輩を押しのけて出世コースを進んだ。

『女のくせに』『機械みたいで不気味』『生意気だ』——仕事に邁進《まいしん》するほど揶揄《やゆ》がつきまとったが、気にしなかった。嫉《ねた》みだとわかっていたからだ。

千冬にとって大抵のことは易しかった。努力すれば実り、望めば理想を手にできた。間違いなく千冬は世界の中心にいた。

結婚し、血の繋《つな》がらない娘ができるまでは。

『母親のくせに仕事か』『家庭を顧みろ』『自分の腹を痛めた子じゃないから』『これだ

から継母は』『もっと子どものことを考えてやれ』

　仕事ができる。優秀だ。それまで美徳だったものは家族を得たとたんに裏返った。陰口として聞こえてくることがあれば、気遣いの体で批難する人がいる。いずれにしても言いたいことは同じだ。

　子どもがいる女が役職に就くのはおかしい。その時間は子どもに使うべきだ。自分勝手だ、連れ子だからぞんざいに扱うのだ――職場や父母会で、似た意見を嫌というほど耳にした。

　周囲が自分をどんな目で見ているか、千冬は深く理解した。

　子どもを虐げるのは継母と相場が決まっている。

『しらゆきひめ』、『シンデレラ』、『ヘンゼルとグレーテル』。どの童話でも継母は義理の子を邪魔者扱いし、いじめ、森に捨て、殺そうとする。

　おとぎ話だと一笑に付すことはできなかった。童話には道徳や普遍的な人間のさががが詰まっている。語り継がれるほどの大昔から継母は継子《ままこ》をいじめてきたのだ。

　三人姉妹の長女で継母なんて、おとぎ話最強の悪者だ。

　仕事を手放さない千冬にトゲのある視線がつきまとった。ときに面白おかしく、ときに不愉快そうに。人々は無意識にすり込まれたイメージを千冬に重ねて〝悲劇〟が起こらないか薄ら笑いを浮かべて見守った。

反論はしなかった。口で言うことなど誰でもできる。結果がすべてだ。

自分にできる最大限のことをしよう。他人にどう言われようとアンさえ元気に育ってくれればいい。その想いを胸に愛情を注いだ。自身の能力を最大限に発揮し、どんなときもアンの味方でいた。困ったことがあれば手を差し伸べ、間違ったことをすれば叱り、問題に直面すれば迷わず戦った。

そうやって全力を出し切った結果、アンの心に大きな傷を負わせた。

三年前、アンはクラスメイトをかばったせいでいじめを受けていた。聞けば、SNSで有名俳優に相談し、こう返事をもらったという。

『いじめられている子と友だちになろう。もしかしたら君もいじめられるかもしれないね。でも大丈夫、君の隣には唯一無二で最高の友だちがいるじゃないか』――と。

小学校を出たばかりの子どもが迷いながら大人の言葉を信じた結果だった。

すぐさま中学校に出向き、事態の収拾を呼びかけた。初めは担任に、動きがないとわかると仕事の合間をぬって教育委員会と校長にかけ合った。件の俳優については、元俳優の太一のツテで事務所と連絡がついた。俳優はわざわざ謝罪に来てくれた。

問題はそのあとだ。内々の面会のはずが話が外部にもれたのだ。

俳優のアドバイスを問題視する声は当初からSNSにくすぶっていた。そこに謝罪の事実が知れ渡り、あっという間に炎上してしまった。

あの俳優が炎上したのは美原アンのせいだ――千冬が中学校に抗議していたために、校内にそんな噂が広がるのに時間はかからなかった。

アンは千冬を責めなかった。ただ悲しそうに、沈んだ顔でこう言った。

「迷惑かけて、ごめんなさい」

ショックだった。

どうして謝るのかわからない。なぜ責めてくれないのか。誰より傷ついているのに、どうして痛いと叫んでくれないのか。

やはり継母ではだめなのか。血が繋がってないから理解してやれないのか。

目の前が真っ暗になった。

長いトンネルにいるような日々が始まった。表面上は変わりない。ただ鬱々としたものが澱《おり》のように溜まり、心を濁らせていく。

漫然と歳月が過ぎる中、今回のホームステイが起きた。

見ず知らずの家に二週間。あまりの仕打ちを知り、取るものも取らず札幌に駆けつけ、絶句した。

そこには輝く笑顔のアンがいた。庭で中年夫妻と楽しそうに話し、リラックスした表情を見せる。そして娘は「東京に帰りたくない」と言った。

落ち込まなかったといえば嘘だ。同時に知りたくなった。

なぜ見知らぬ土地で心からの笑顔を見せているのか。

どうして小さな頃のようにくるくると表情を変えるようになったのか。

ぎくしゃくしてしまったこの関係を変えるきっかけがほしかった。もし叶うのなら、昔のように話したい――


つと、ページを捲る手が止まった。

深夜の屋敷は寝静まり、遠くから虫の音が響いている。

我知らず、千冬は呟いていた。

「どういうこと」

青年に押しつけられたグリム童話集には有名な作品が収録されていた。こんな内容だったなと流し読みをしていたが、ある物語の冒頭に目が釘付けになった。

そこには信じられないことが綴られていた。

後れ毛を耳にかけ、もう一度文章を読み直す。半信半疑で読み進め、息をのむ。にわかに信じられない言葉がはっきりと記されていた。物語の最後に添えられた解説に目を通したときは言葉を失ったほどだ。

どう受け止めていいのか、わからなかった。

どのくらいそうしていたのだろう。廊下から物音が聞こえ、千冬は我に返った。

大人より軽い足音と就寝中の家人を気遣うような足運びでアンだとわかった。洗面所はアンの部屋の向かいのはずだが、足音は階段に消えていく。

こんな時間にどこに？

千冬はドアを細く開けて廊下を窺ったが、それ以上は動けなかった。過保護だ。こういうところがよくないのだ。冷静な自分がたしなめる。しかし時刻は午前一時過ぎ。高校生が出歩くような時間ではない。

ギイッ、と遠くで扉が開く音が響き、肝が冷えた。

まさか外出？

思わず廊下に飛び出して、あとを追った。階段の途中でスマホを持ってくればよかったと後悔したが引き返す暇はない。遠くでドアの閉まる音がした。急がないと見失う。音が聞こえた方向へ壁伝いに行く。ハンガーラックが詰め込まれた廊下で洋服にもみくちゃにされながら前に進んだ。

突き当たりは壁に思えたが、手探りすると取っ手に触れた。扉だ。夢中で扉を開けると、千冬は赤絨毯の洋館に立っていた。

「なんだ、図書館と繋がってたの」

安堵したとき、館内にどん、と鈍い振動が響いた。

「…………アン？」

胸騒ぎがした。

千冬は目についた受付の防犯スプレーを掴み、音のした方向へ走った。

§

アンはぽかんとして、その顔を見つめた。

「千冬さん？」

深夜一時過ぎ。月明かりの射す夜の図書室に千冬がいる。

なぜここに。真夜中なのにどうして。都合のいい夢を見ている気がした。

その間も千冬は真っ青な顔でアンの安否を確かめていた。

「出血はない……痛みは？　痛くなくても普段と違うところはない？　手足のしびれ、目が回る、息苦しい、動機、震え――頭は⁉」

いきなり両手で頭を摑まれ、アンは我に返った。

落ち着いて、と声をかけようとしたとき、千冬の腕からなにか落ちた。

裂けたシャツの切れ端が揺れ、血が滴った。

「ち、千冬さん腕――」

「そんなことはいいから！　アンはケガしてないの⁉」

強い口調で遮られ、アンは自身に注意を向けた。

「大……丈夫、どこもケガしてない。びっくりしただけ」

「そう」

千冬はほっと息をつき、落ち着いた口調に戻って囁いた。

「出口はどこ？」

そのときになってアンは不気味な音に気づいた。

本棚を隔てた向こうで誰かが何事かを呟いている。「どいつもこいつも」「黙れよ」「クズが」――濁った声と共にぼりぼりと皮膚を掻きむしるような音がする。

鳩尾《みぞおち》のあたりがすっと冷たくなった。夢でも幻でもなく、真夜中の図書館に刃物を持った侵入者がいる。

アン、と小声で呼ばれ、びくりと肩が震えた。

「私の目を見て。ここから外に出られるドアはある？」

出口。図書室のドア付近には侵入者。非常口は廊下に、建て付けの悪い二重窓は開けるにしても割るにしても時間がかかる。

アンは混乱した頭で必死に考えた。

犯人をやっつける？　本棚をぶつけるとか、だめ、重くて私や千冬さんじゃ動かせないし迷宮にどんな影響があるか、やっぱり逃げるのがいい、でもどうやって、脱出方法、出口――もし外に出られるとしたら。

「この部屋、隣の図書室に出られる。そこのドアなら」

小声で伝え、ドアのほうを指で示した。しかしそのドアを使うには侵入者の前を通らなければならない。本棚が視界を遮ってくれるだろうが月明かりが射すいま、見つかれば簡単に追いつかれてしまう。

アンが指差した方向に目を向け、千冬は状況を察したようだった。

「準備ができたら走りなさい」

そう言うなり、いきなり立ち上がった。

引き留めようとしたアンの手を振り払い、千冬は本棚の陰から出た。

「あなた、不法侵入よ。こんな時間に上がり込むのは非常識でしょう」

なんで話しかけるの⁉

心臓が縮み上がった。時間稼ぎだとわかっている。わかっているからこそ恐ろしかった。千冬はアンを逃がすために自分を囮《おとり》にしたのだ。

皮膚を掻きむしるような音がぴたりと止《や》み、知らない声が低く言った。

「ばかにしてるんだろ」

「そんな話はしてない。誰であろうと人の家に侵入するのは犯罪よ」

「えらそうに……っ、いつもそうだ、アンタみたいな女だけが得する。顔もスタイルもよくて大した苦労もないくせに、あたしのこと笑ってんだろ？」

アンの膝はがくがくと震えた。この時間をむだにしてはいけない、逃げなければ、誰か呼ばなければ——

勇気を振り絞って駆け出そうとした刹那、苛立った声が闇を裂いた。

「むかつくむかつく！　どいつもこいつも頭のおかしい価値観すり込みやがって！　ふざけんなよ、こんなゴミみたいな本置きやがって！」

乱暴に物を投げる音が響く。本棚から掴んだ本を床に叩きつけているのだ。犯人の注意は本に向いている。

いましかない！

アンは本棚の陰から飛び出した。

脇目も振らず隣の図書館へ続くドアへ走る。月明かりに照らし出されるのを感じ、すくみそうになる。息を殺し、足音をたてないように。けれど全力で。

急きたてられるようにして部屋の端に着き、ドアノブを取った。

やった、助かる！

安堵してドアノブを回したとき、ガチャン、と冷たい音があたりにこだました。

ドアが動かない。

アンは愕然とした。押しても引いてもドアはびくともしない。鍵がかかっていた。

「な、んで……」

いつもは開いてるのに、鍵なんてかけないのに……！

間が悪かったのだ。だがアンがそれを知る術はない。半ば呆然として千冬を振り返ると、千冬もアンを見ていた。その瞳には困惑と驚愕の色が浮かんでいた。

そのとき、アンは闇に浮かび上がる二つの目玉を見た。

涙に濡れた双眸は充血していた。目のまわりは赤くただれ、無数のひっかき傷がある。シンデレラの作品世界に現れた巨大な顔そのものを前にして、迷宮にいるような錯覚に囚われる。

犯人がカッターを逆手に持ち替え、腕を大きく振り上げた。

「千冬さん！」

はっとして叫ぶと、千冬は弾かれたように振り返った。すんでのところでカッターを握る犯人の手首を摑み、ふたりは激しくもみ合った。体格はほぼ同じ。互いの両手を押さえ込む形になると、千冬が渾身《こんしん》の力で犯人を本棚に押しつけた。

「行きなさいアン！」

鋭く叫び廊下に続くドアを目で示す。その刹那、犯人の靴が千冬の腹にめりこんだ。

「あぐ……っ！」

千冬の身体がくの字に折れ、うめき声がもれる。しかし犯人を摑んだ手は放さない。

二度、三度と執拗《しつよう》に腹を蹴られ、千冬の体が衝撃で揺れる。

「ぁあああ！」

千冬が頭突きで反撃した。ゴッ、と鈍い音がして犯人の手からカッターが落ちる。鼻血を散らしながら犯人が言葉にならない怒声をあげた。千冬の髪を乱暴に摑み、我を忘れたように暴れる。千冬は犯人にしがみついてそれを封じた。

「アン走って！」

言葉は耳に入らなかった。アンは無我夢中で近くにあった椅子を摑み、犯人に立ち向かっていた。

千冬さんに触るな！　お母さんを放せ！

恐怖と悲しみと激しい怒りがないまぜになり、感情の奔流に突き動かされる。火事場の馬鹿力で木製の椅子を振り上げたとき、犯人の後ろでなにか動いた。

スローモーションを見ているみたいだった。

音もなく、軽やかに。狼がふわりと宙に躍った。

どん！　とものすごい音がして、アンは目を白黒させた。

狼――セージが飛びかかったかと思うと、一瞬で犯人を床に組み伏していた。

アンは我に返り、椅子を握りしめたまま千冬に駆け寄った。

「千冬さん！」

「大丈夫よ」

床にへたりこんだ千冬は力なく答えたが、眼差しはしっかりしていた。

「一一〇番」

腹に響く声はセージが発したものだ。その表情は見たことがないくらい険しい。きつい三白眼は怒りに燃えていた。

押さえ込まれた犯人がぎゃあぎゃあと口汚い言葉を叫ぶ。

「………やっぱりな」

そう呟くセージの視線は犯人に向けられていた。その視線を辿り、アンは驚愕した。押さえつけられた犯人は暴れながら喚《わめ》き散らしていた。あれほど恐ろしかった人影はごく一般的な体格の女だった。歳は二、三十代。その顔に見覚えがある。著名な人気小説を頻繁に借りに来る利用者だった。

5

交番から警察官が来るまで、ひどく長く感じられた。

〈モミの木文庫〉のエントランスで、セージと簡単な手当をすませた千冬が警察に状況を説明した。その横を犯人の女が連行されていく。

「嘘じゃない、蝶がやったんだ。あたしの顔見て、あいつら……」

ぶつぶつと女は惨状を訴える。防犯スプレーで荒れた目元のことを言っているようだが、支離滅裂な話をまともに聞く者はいなかった。警察官にいなされながら女はパトカーの後部座席に消えた。

アンも事情を聞かれたが、気が動転していて二、三言答えるのでやっとだった。リッカがそばについていてくれなかったら取り乱していたかもしれない。深夜なので詳しい話は翌日となり、警察は引き上げていった。念のため千冬はノトに付き添われて救急病院に向かった。

アンは休むように言われたが気が昂《たか》ぶって寝付けなかった。千冬が戻ってきたらわかるように窓を開け、網戸を下ろす。

夜はまだ明けない。もう何十時間も経った気がするのに外は塗り潰したように暗く、虫も動物も静まり返っている。東の空の底だけがわずかに青みを帯びていた。

はっとして目を開けたとき、強い日差しが顔に当たっていた。

いつの間にか眠っていたらしい。

「いま何時……えっ、十二時⁉」

アンはスマホを放り、転げるようにして部屋を出た。

ダイニングは無人だった。ノトとリッカは外出したようで、テーブルに置かれたメモには千冬が無事であることと冷蔵庫に朝食がある旨が記されていた。

ほっとして肩の力が抜けた。安心すると喉の渇きを覚えた。昨日の夕食会からなにも口にしていない。

冷蔵庫からコーディアルを出してなみなみとコップに注いだ。冷たく清涼な液体が喉を滑り落ちる。頭がすっきりして、完全に目が覚めた。

明け方に戻ったなら千冬はまだ眠っているはずだ。セージを探して図書館に向かった。内扉をくぐるとき少し緊張したが、扉の向こうにはいつもの風景があった。

古めかしい受付カウンターに、やや色褪せた赤絨毯。空気はひんやりとして、紙とインクの匂いが溶けている。開け放たれた正面口は照り返しで白く輝いていた。

穏やかな日常にいると昨夜の出来事が夢のように思える。

しかしよく見ると正面口には『臨時休業』の札とロープがかかっていた。空気の入れ換えで一時的に開けているのだろう。

そのとき、廊下の奥からセージが駆けてきた。

「大丈夫か」

「はい、寝たら落ち着きました。落ち着きすぎて現実味がないというか」

真夜中に侵入者がいて襲いかかってくるなんて、映画みたいだ。現実離れしていて、ふわふわする。現実味が薄いのは迷宮から戻った直後だったこともあるだろう。

夢と現。区別できるが、心で感じたことに差異はない。〈亡失〉に巻き込まれる恐怖も、犯人と出くわしたときの身の凍るような恐ろしさも、アンにとっては〃現実〃だ。

説明しようとしたが、自身の心境をうまく言葉にできそうにない。代わりにアンは気になっていたことを尋ねた。

「セージさん、昨日犯人を見て『やっぱり』って言いましたよね。あの人が犯人だっていつ気づいたんですか？」

「……………化石化が解けてなかった」

「え？」

「大衆文学をよく借りる人がいると……前に話してくれただろう」

『容疑者Xの献身』や『夜のピクニック』などを借りていく人がいる、その作品世界が迷宮に開くのが楽しみだ、と話したのを思い出した。

「だが迷宮でそうした作品の〈登場人物〉に会ったことがない」

もみじとして迷宮を歩いて気づいたという。頻繁に借りにくるほどの本好きが読んだなら作品世界が開く。少なくとも本の化石化が解けるはずだ。

「気になって迷宮の本を調べた。どの本も化石化したままだった」

「それって……読まない本をわざわざ借りてたってことですか？」

「カモフラージュだったんだろう」

しょっちゅう出入りしながら一冊も借りないのは不自然だ。傷つけた本と異なるジャンルを借りることで疑われないようにしたのだろう。そして受付に顔を出すことで切り抜きが発覚していないか探っていた。

話を聞くうちにアンの胸に怒りとやるせなさが込み上げた。

「ひどすぎる」

そんなことのために読まない本を借りて童話を切り裂いてたなんて。そんなことにも気づかないで、そんな人にあいさつしてたなんて。

「なんで気づかなかったんだろう……！　私がしっかりしてたらもっと早く犯人を捕まえられたかも。傷つかずにすんだ本もあったのに」

「悪いのは犯人だ。俺はアンがどれだけ頑張ってくれたか、知ってる」

「だけど」

「いや、また助けられた。蔵書票を剝がすこと、よく思いついた。…………蔵書票を剝がしに飛び出して行ったときは、死ぬほど焦ったが」

シンデレラの世界から現実に戻るとき、もみじがなにか叫んだのを思い出した。あれはアンを呼び止めるものだったようだ。

「私を止めようとしたのは、夜の図書館が危ないからですか？」

「手応えが変だった」

「手応え？」

「蝶で反撃したとき、巨大な顔は苦しんでいたが……おかしいと思わないか。あれは犯人の想像力が実体化したもの。痛みを感じるはずがない」

言われてみれば紳士淑女たちは体がくしゃくしゃに縮れても笑って踊り続け、紙吹雪となって散っていた。巨大な顔もイメージの産物なのだから姿が保てなくなれば紙吹雪になるはずだ。そのはずが、まるで命があるかのように苦しんでいた。

いまさらながらその異様さに思い至り、気味が悪くなった。

「なんというか……想像力と犯人までの距離が近すぎる。特殊な状態、たとえば……犯人が迷宮のすぐそばにいるかんじだ」

その言葉にアンは雷に打たれたような衝撃を受けた。

「三つのルールのひとつ！」

――ひとつ、〝夜は部屋から出てはいけない〟

真夜中の図書館へ足を踏み入れることを禁じるルールだ。

屋敷と迷宮は表裏一体。人が眠る時間に活発になる迷宮の影響を受け、深夜の館内では奇妙なことが起こる。電化製品が勝手に動き、幻が徘徊する。過去には神隠しさえ。

犯人は知らずのうちに禁忌を破り、迷宮に近づいていたのだ。そのせいで犯人とその想像力で生まれた巨大な顔の繋がりが深くなってしまった。

「だからあの大きな顔は痛みを感じてたんですね」

――蝶がやったんだ。

連行されるとき、犯人はうわごとのように呟いていた。赤くただれた目元は防犯スプレーのせいだと思っていたが、そうではなかったのかもしれない。

「すまなかった。屋敷に犯人がいる危険性を伝えられなかった……俺の落ち度だ」

セージが肩を落としたが、こんなイレギュラーを誰が予測できるだろう。

「私こそ、突っ走ってごめんなさい」

アンは頭を下げた。夜の図書館が異質な場所に変わることは教わっていたのだ。緊急事態だからと猪突《ちょとつ》猛進せず、慎重でいなければいけなかった。

「俺も……自分の至らなさが身に染みる」

「そんなことないです、セージさんは私と千冬さんを助けてくれたじゃないですか。ありがとうございます。駆けつけてくれて」

セージは居心地が悪そうに顔をそむけた。自分の行動を肯定できないのか、難しい顔をしている。しばらくして、ようやくその表情が和らいだ。

「大きなケガがなくてよかった。本当に」

セージは表情を隠すように手にした大判本を額に当てた。赤茶色の表紙に『ながぐつをはいたねこ』と金で箔押しされている。昨夜、犯人が傷つけた本だ。

「セージさん、その本……」

「ああ……警察に渡そうかと。被害に遭った書籍は全部渡してあるから、もう必要ないかもしれない。この本は、傷も浅い」

セージはあるページを開いてアンに差し出した。そこにはドレスを纏ったサンドリヨンが舞踏会から去る様子が描かれていた。人物は無事だが、城の入り口からページの端まで一直線に切り裂かれている。

「警察の話では、犯人が忍び込んだのはこれが初めてらしい。俺が見回るようになって……日中が難しいなら夜に、と考えたようだ」

詳しいことは教えてもらえなかったものの、警察のひとりが少しだけ状況を明かしてくれたという。

「犯人は童話を憎んでる。美しい者は内面も美しく、容姿の悪い者は心まで醜く描かれる。しかも美人は努力も苦労もせず、美しいというだけで成功する。童話は……そうしたイメージをばらまく悪書だ、自分が受験や就職に失敗したのも、なにをやってもうまくいかないのも、こういう価値観を撒《ま》き散《ち》らす童話が悪い。それを押しつける社会が、学校が、親が悪い……そう話してるらしい。だから図書屋敷や君にはなんの非はないと伝えてほしい、と警察の人が言っていた」

高校生が犯人と出くわしたことを案じての伝言だった。

見ず知らずの人の気遣いに触れ、心があたたかくなる。しかし切り裂かれた本を前にしてアンの胸の痛みは少しも消えなかった。

「そんなの、犯人の思い込みじゃないですか。気に入らないことを本のせいにして、物語を踏みにじって。あんまりです、本がかわいそう」

「俺はそう思わない」

きっぱりと言うのでアンは驚いた。

「セージさんはひどいって思わないんですか？　あの人、勝手に怒って勝手な理由で本を傷つけたんですよ！」

「俺は……本を傷つけた人が一番傷つくと思う。空に唾を吐くのと同じだから」

思いもしない言葉にアンは勢いを削《そ》がれた。

セージはアンが手にした大判本に穏やかな眼差しを向けた。

「人が偏った読み方をするときは、大抵問題を抱えてる。ストレス、劣等感、トラウマ。苦い経験からくるものだろうが……こうだと決めつけて読めば、どんな物語もそう読める。自分の見たいものだけを見て、批判して、けなす。それは……蜜の味だ」

欠点をあげつらい、気に入らないものを貶《おとし》めると気分がよくなり、自分こそが賢く正しい存在に思える。だが、一時的だ。

人やものを貶めたところで、現実に抱える不安や問題はなにも解決しない。

「本だからいい、心の中で思ってるだけだ。そう思うかもしれないが……自分自身が知ってる。卑しい考えも罵る言葉も、全部自分が聞いてるんだ」

思考は癖だ、とセージは続けた。

心の中で悪口を言い続ければそれが当たり前になる。悪口に慣れればもっと辛辣な言葉を。暴力を振るい続ければ、傷つけることをためらわなくなる。

「蜜は甘い。でも口に入れるとすぐに溶けてなくなる。もう一口、あと一口とその味に溺れる。どうしてそんな蜜が必要だったのか忘れる。そうやって自分で自分の心を荒らして、本当は誰よりも自分が傷ついていることに気づかない」

「………セージさんは優しすぎます」

セージはかぶりを振った。

「同情はしない。その選択をし続けたのは本人だ。向き合うべき問題から目を逸らし、歪んだ感性で人やもののせいにしたツケは、必ず払うことになる」

痩せた狼のような青年は断じた。「それに」とセージはアンを見た。

「本は弱くない」

声は力強く、揺るぎない。自信のこもった言葉に少し腹が立った。

なんで言い切れるの？　傷つけられたのは本のほうなのに。本は抵抗できない。破られたり、切られたりしたら、もう元に戻らない。

「あっ、その本！」

高い声が耳に飛び込んできたのはそのときだ。

開け放った正面口に小さな子どもがいた。小学校低学年くらいの女の子は入り口にかかったロープをくぐってアンの前に来ると、もじもじしながら言った。

「あの、その本、かりたいです」

「え？」

「サンドリヨン、もういっかいよみたくて。おようふくがきらきらで、お母さんがまたかりていいよって」

女の子が小さな手に握りしめた〈モミの木文庫〉のカードを差し出した。

外に立つ母親らしき女性が臨時休業の札に気づき、気を揉んだ様子で会釈した。

「だめですか……？」

アンは返答に窮した。証拠品になるかもしれない本だ。どうしようか迷っていると、セージがその場にしゃがんだ。

「だめじゃない。ただ、この本は少しケガをしてる」

強面の青年を前にして女の子は怯《おび》えた表情をみせた。しかしケガという言葉で顔つきが変わった。

「引っぱったり、乱暴にしたりしないと、約束できるか」

「できるよ！」

女の子が大声で言い返すと、セージの眼差しが優しくなった。

「わかった。少し待っていてほしい。――美原さん、貸出手続きを」

「はっ、はい！」

アンが手続きする間、セージは破れた箇所を簡単に補修した。裏表紙を開き、見返しに新しい蔵書票を貼る。

その瞬間、蔵書票に描かれた白い蝶が舞い上がり、青紫色の花がページいっぱいに咲き乱れた。赤茶色の大判の本が息吹を得たように淡く輝く。

一瞬の、美しい白昼夢。

まばたきするとその光景は消えていた。女の子はなにも気づいておらず、カウンターに身を乗り出してセージの手元を覗き込んでいる。

修復を終えた本が差し出されると、女の子は宝物をもらったように目を輝かせた。大きなその瞳には本しか映っていない。心はすでに『サンドリヨン』の物語に夢中だ。

きらきらした横顔を目にしたとき、すとん、と腑《ふ》に落ちるものがあった。

「そっか……だから本は弱くないんだ」

砂糖菓子の味がする空気に、リボンや真珠、すてきなものが舞う世界。

この小さな女の子が傷ついたシンデレラの世界を癒やしてくれる。そして女の子もまた本に癒やされ、わくわくどきどきしながら心を育んでいくのだ。

女の子はアンたちに一瞥もくれず、外へ飛び出した。母親が困った顔をしてなにか囁くと、女の子が振り返り、ぎゅっと本を抱きしめた。

「ありがと！　またね！」

アンとセージは顔を見合わせ、女の子に手を振った。人と物語。これからも女の子と『サンドリヨン』は幾度となく出逢い、新たな夢を紡ぐだろう。

「いってらっしゃい、だな」

セージの口許が優しく綻ぶ。そのほほえみにアンは確信した。

きっと傷つけられた他の本も大丈夫だ。本が戻ってきたら、みんなで直そう。そうすれば物語は蘇り、いつかまた迷宮に作品世界が花開く。

そのとき、親子の後方にスーツの女性が見えた。

千冬だとひと目でわかったが、アンは動けなかった。迎えに行きたい気持ちと気まずさがぶつかって、自分でもどうしたいのかわからなくなる。

「いまの時間帯はスウィングベンチにいい木陰がある」

きつい三白眼がアンを見下ろした。睨んでいるように思われがちだが、その眼差しはとても優しい。

セージの想いに背中を押され、アンは前へ踏み出した。

6

図書屋敷の庭には秘密の場所がある。家人しか知らない小径を抜け、植物のアーチをくぐると、古木とスウィングベンチが出迎えた。小さな憩いの空間は枝葉がほどよく日差しを遮り、心地よい風が吹いていた。

アンは千冬と並んでベンチに座り、気になっていたことから尋ねた。

「千冬さん、ケガ大丈夫？」

腕はワイシャツで隠れているが、生地に透けてガーゼのようなものがうっすらと見えた。腹部も痣《あざ》になっているはずだ。

「少し切れただけよ。他も大したことないし、傷跡も残らないだろうって」

なんてことないと言わんばかりの口調にアンはいたたまれなくなった。

「ごめんなさい」

「どうして謝るの？　犯人がやったことよ」

その言葉に甘え、口をつぐみたくなる。しかしそういう問題ではないのだ。

「少し前にカッターで切られた本を見つけたんだ。でも私……黙ってた。話したらホームステイが打ち切られるんじゃないかって思って」

怖くて、隠した。いまの暮らしを続けたくて自分のために沈黙した。

そう、と平板な調子で返され、アンは勢いよく頭を下げた。

「本当にごめんなさい！　私がちゃんと話してたらこんなことに――」

「知ってた」

「………………え？」

「切られた本を見つけたのは一昨日でしょう？　能登ご夫妻から連絡があったの。どういう対策をしているかとかその日の様子とか、毎日メールや電話でね」

アンはぽかんと口を開けた。

それじゃあ、千冬さんは最初から全部知ってた……？

理解した瞬間、ぼっと顔から火が出た。情けないやら恥ずかしいやらで顔を上げられなくなる。

ホームステイを取り上げられたくない。子どもじみた理由で黙っている間、大人たちはこまやかに連絡を取り、状況と対策を理解してもらうことで了解を得ていたのだ。

沈黙が落ちた。

なにか言わなきゃ。千冬さんがどう思ったか聞いて、謝らなくちゃ。

そう思うのに声が出ない。

だいたい、なにを言ってもいまさらだ。言い訳だ。こんな調子だからだめなんだ。千冬さんが呆れるのも当然だ――――ああ、まただ。

また、なにを言っていいかわからなくなる。また声が出ない。どうして、どうして。

「どうしてうまく話せないんだろう。ぎくしゃくしてばっかり。やっぱり私じゃだめなのかな。血が繋がってないから、わかってあげられないのかな」

アンは目を瞠った。自分の心の声がもれたのかと思った。しかしその声は確かにアンの隣から発せられたものだった。

目をまん丸にして千冬を見ると、千冬もまたアンを見つめていた。

「ずっとそう思ってた。やっぱり継母じゃだめなんだって」

思いもしない告白だった。千冬がそんなふうに考えていたとは。

「夕食会で酔って、籾さんにもそう話した。そしたらこの本を持ってきたの」

千冬が膝にのせた本に触れた。ハードカバーには『初版グリム童話集ベストセレクション』とタイトルがある。

「籾さんがここに収録された『ヘンゼルとグレーテル』、『しらゆきひめ』、どっちでもいいから読んでくださいって」

「え……」

アンの顔が引き攣ると、千冬は真顔でうなずいた。

「そう、どっちも継母が子どもを殺そうとする話よね。ひとが悩みを打ち明けたのに、よりによってこの本よ。ケンカ売ってるのかと思った」

「ご、誤解ですたぶん！　きっと絶対なにか大事な意味があって……！」

「わかってる。というか読んでわかったわ。グリム童話にはすごい秘密があった」

なんだか意味深な響きだ。千冬はさらに言葉を続けた。

「グリム童話の秘密であり、私の秘密でもあるかもしれない」

なにそれ、すごく気になる！

「どんな秘密？」

思わず尋ねると、千冬はほほえみ、そっと目を伏せた。

その表情にアンはどきっとした。はにかんでいるようで、憂いのある寂しげな表情。

千冬が初めて見せる、知らない顔だった。

「どこから話したら……そうね、まず昨日の昼のことから」

これは、千冬の秘密。心の奥にしまった思い出と密かな想い。

心の扉を開け、千冬は静かに語り始めた。

§

ばかなことをしてる。そんなことは自分が一番理解していた。

千冬は日中のリモートワークを切り上げて密かに図書屋敷を訪れた。どうしてもアンの様子が知りたかった。

前日に植物園で過ごしたが、娘は言葉少なだった。寂しい思いをさせているのに文句ひとつ言わず、まわりのことばかり気遣う。心配でたまらなくなった。

なにかするわけじゃない。遠くから見るだけ、自分の目と耳で状況を知る――そのつもりが計画は早々に破綻した。屋敷に着いてすぐ痩せた狼のような青年に見つかってしまったからだ。

「今日の食事会で……お嬢さんを見てください。ただ見守ってあげてほしいんです。あなたの知りたいことは、それでわかるかと……お願いします」

青年はぼそぼそとそう言った。

そうして迎えた夕食会。そわそわしながら予定の時間より早く到着すると、とんでもない光景が待ち構えていた。

ぼうぼうと燃え上がる炎の前にアンが立っていた。

叫ばなかったのが自分でも不思議なくらいだ。

アンは長袖のパーカーに軍手をはめただけの軽装で火の粉を浴びている。そんな薄着でいいのか、ゴーグルは、フェイスシールドは。

日中のセージの言葉がなければ即座に娘を炎から遠ざけたに違いない。

というか、うちのアンになにをさせているの？

娘の隣でノトがにこにこしながら指南するのを見て怒りが湧いた。

危険なことをさせておきながら、なにをふやけた顔を。いや、むりもないか。

アンは可愛いのだ。一所懸命に話を聞く姿勢がいい。真剣に取り組むところも、不安そうにしながら火に向き合うところも立派だ。

そばに行くのをぐっと堪え、テントに置かれた簡易椅子に腰を下ろした。それからは胆力の勝負だった。火傷《やけど》しないか。薪が爆《は》ぜたら。火が袖に移ったら——心配の種は尽きず、座っているだけで精神を削られた。娘が火のそばを離れて青年のほうへ向かったときは心底ほっとした。だが安堵できたのは数秒だ。アンは古びた道具を手にした。

ナタ!!

卒倒しそうになった。

刃物を持たせるとは何事か！　薪割りなら私が百本でも千本でもやってやる！

叫びながら駆け寄ってナタを奪い、薪割り台から娘を引き剝がしたかった。

自分を抑えるのにどれほど精神力がいったことか。握りしめた両の拳は蒼白になり、噛みしめた歯茎から血が滲む。あまりの苦行にのたうちまわりそうだった。

ナタを握るアンの手つきに肝が冷える。刃が不安定に振り下ろされるたび、冷や汗が吹き出した。跳ねた薪がアンの頰をかすめたときは心臓が止まった。

もはや気絶する寸前だった。

もうだめだ、辛すぎる。なぜこんなに危険なことをさせるの。火起こしやナタなんて生活に必要ない。そんなことできなくても生きていける。

恨めしい目をセージたちに向け、ふと、あることに気づいた。

青年は薪を紐《ひも》でまとめながら常にナタに手が届く体勢を取っていた。ノトも手を動かしながらアンのほうをよく見ている。しかしアンが助けを求めて顔を上げると、ふたりは知らんぷりで自分たちの作業を続けた。

どうして助けてあげないの？

苛立ったとき、千冬は雷に打たれたような衝撃を受けた。この数日、アンが見せた言動が次々と脳裏を駆け巡った。

『図書館の手伝いをしてるんだ』『庭の手入れの手伝いも』『私、本を読むようになったよ』『友だちもできたんだ』『帰りたくない……です。私、まだここにいたい』――

だから、なの？

引っ込み思案のアンが自分の意見を言い、自発的に行動する。焚き火や薪割り、どんなことにも当たり前のようにチャレンジしていく。

たった二週間。その短期間でなにが娘を変えたのかわからなかった。これが理由だ。

彼らがアンを変えたのだ。

ここの大人は〝見ないふり〟がうまい。基本的なやり方を教えたあとは口出しせず、禁じたり過剰に応援したりすることもない。アンが自分で考え、行動できるようにするためだ。本当に危ないときや立ち行かないときにだけ手を差し伸べる。

——それに比べて、私はどうだ。

いきいきと火起こしに挑むアンの姿が眩しくて、目の前が暗くなっていく。

アンを守るためなら、なんだってできた。仕事で培った能力を最大限に使い、娘が傷つかないように、失敗しないように手厚く保護した。

人生は厳しい。これから先、理不尽な目に遭い、辛いことや悲しいことが必ずある。私の目の届かないところでたくさん傷つくだろう。せめて手の届くうちは守ってやりたい。悲しみに心を踏みにじられないように。つまずかないように。どんな小さな小石だって取り除いてあげたい。それが愛情だ。そう、思っていた。

そうやってアンから様々なチャンスを取り上げていたのだ。


夕食会の賑わいが一段落するのを待ち、人の輪を離れた。植え込みのブロックに腰掛けて風に当たっていると、痩せた狼のような青年がやってきた。

こんな話をするつもりはなかったのに酔いが口を軽くする。

「あなたの言うとおりだった。よくわかった」

　青年は怪訝な様子だが構わなかった。

「アンのこと、なにもわかってなかった。子ども扱いして、守るだけ」

じくり、と嫌な痛みが胸に刺す。治りかけの傷口を掻き回すような、不快で鈍い痛み。

みじめな気分を味わいながら話し続けた。

　初めてアンと出会った日のこと。なんて可愛い子かと思ったこと。気の優しいところが心配なこと。娘とうまくコミュニケーションが取れないこと。それから三年前の有名俳優炎上事件のこと。

　一方的にしゃべり、深いため息をつく。

「ここでの暮らしを聞いたとき、子どもを働かせる非道なホームステイ先だと思った。なんでも手伝わせる、ひどいお宅。でもそうじゃない、ひどいのは私。自分が安心したくてアンになにもさせなかった。育てることをしなかった。0点よ、母親失格」

　自分に吐き捨てる。何年もアンと暮らしているのに、あの子が本当に必要とするものをなにも与えてやれなかった。

「しょせん継母よね。おとぎ話と同じ、子どもの毒にしかならない」

「…………この会話は、何点ですか」

　唐突に訊かれ、顔をしかめた。

「はい？」

「強いて点数をつけるなら、何点ですか」

「点数なんて。ただの会話でしょ」

青年はゆっくりとうなずいた。

「点数はつけられない。……愛情も同じではないですか。子どもを褒めたら五点。叱ったらマイナス五点。失敗させなかったら十点……そんなふうに、数値化できない」

「なにが言いたいの」

「0点だ、失格なんてこと、ないです」

「慰めてるつもり?」

皮肉を込めて失笑したが、青年はきょとんとした顔つきになった。

「あなたは誰とくらべっこしてるんですか?」

どきりと心臓が跳ねた。

千冬は自身の反応に戸惑ったが、青年は気づかなかった。

「俺……自分には、正しい子育てとか、教育的にどう素晴らしいかとか、わかりません。そんなことより……五分でも両親と話したかった。目を見て、一日にあったくだらないことを話すのが、あんなにも幸せだって知らなかったから」

遠くを見つめて寂しそうに呟く。その横顔に胸がざわめいた。

「失礼だけど、ご両親は」

「高校生のときに死にました。事故で、両親同時に。そのあとはノトさんとリッカさんが親代わりです。だから……これは子どもの立場の意見です。継母かどうかは」

不意に言葉をとぎらせ、青年はやにわに立ち上がった。「ちょっと待っててください」と言い置いて図書館に走り、五分ほどで戻ってきた。

「これを」

差し出された本を見て千冬は絶句した。グリム童話集だった。

この人、話を聞いてなかったのか。

「初版です」

だからなんだ。

苛立ちと呆れが顔に出ていたのだろう。青年は独特のペースでぼそぼそと言った。

「グリム童話は一八一二年に刊行されて以降、一八五七年に決定版が出るまで七回の改訂があります。現在のグリム童話は第七版……決定版と呼ばれるもので、それ以前の版はほとんど知られてません。改訂では残酷なもの、性的なもの、子ども向きではないものが削られたと思われてますが、じつは別の側面があります」

鋭い三白眼が千冬を見る。

「グリム童話はグリム兄弟が各地を歩き、そこで暮らす素朴な人々の語る物語を聞き取ったものとされていました。しかしのちの研究で、聞き取り先は裕福な家庭が多く、フランスをルーツに持つ者もいるとわかりました。当時の情勢はご存じですか」

「……さあ」

「ちょうどナポレオンが活躍した時代です。ドイツには大小様々な諸侯があり、多くがフランスの支配下にありました。でも一八一二年にナポレオンがロシア遠征に失敗すると、その体制を崩壊させる動きが加速します。時を同じく起きたのがナショナリズムです。民族主義……ドイツ人とはなにか、ドイツらしいとはどんなものか、考えられるようになったんです」

つまり、と青年は言葉を続けた。

「グリム童話が出版された時代には、民族統一の機運があった。その影響は第二版の改訂から如実に見てとれます。『ネズミの皮の王女』、『靴はき猫』、『青髭《あおひげ》』など、フランスとの関連が明らかな多くの作品が削除されました。ドイツ民族の童話の編纂を目指すグリムにとって、フランスに関連するものは不要だったんです。そして収録作品は読みやすいように何度も手が入れられ、内容が整えられた」

着地点がまったく見えない。

「それが何か」

しびれを切らして尋ねると、青年はまばたきし、急に困った様子で目を泳がせた。

「つまり、その、自分が言いたいのは……作品と時代背景には切っても切れない関係があって。思惑や世論、いろんなものに影響されて決定版が世に出たんです。そこには、ある種の願望もあった」

「願望？」

「この先は俺の言葉より、作品を読んでください。全部読まなくて結構です。『ヘンゼルとグレーテル』、『しらゆきひめ』、どちらかだけでも、読んでください」

奇妙な提案と共に再び本が差し出される。千冬は本を見つめるばかりだった。


そのときの様子を話し終えると、隣に座ったアンは沈痛な面持ちになった。

「セージさん、その流れでグリム童話渡したんですか……ちょっとどうかと」

「私もそう思った。でも読んで籾さんが言いたかったことがわかった」

ひらりと舞った落ち葉が膝にのせた本の上に落ちた。千冬はその葉を払い、『ヘンゼルとグレーテル』のページを開いた。

「ヘンゼルとグレーテルはお菓子の家で有名な童話ね。その冒頭で幼いきょうだいは貧しさから森に捨てられてしまう。そう言い出すのは継母じゃない。じつの母親だった」

「え？」

「白雪姫も同じ。産みの母――実母が娘を消そうとするの」

アンが目をまん丸にした。やはり知らなかったようだ。

初めて読んだとき、千冬も衝撃を受けた。

木こりのおかみさんは口減らしのために自分の子を森に捨てさせる。王妃はじつの娘が日に日に美しくなることを嫉《そね》み、殺意を抱く。それが最初の版で描かれた『ヘンゼルとグレーテル』と『しらゆきひめ』の姿だ。

「だけど、なんでそんな変更が？」

千冬は肩をすくめた。

「わからないけど、不適切だって思われたんでしょうね。じつの母親が子どもを傷つけるなんて。母親なら子どもを愛して当然。母性は絶対。どんな時代でも、人はそういうふうに思いたい生き物なのかもしれない」

きっと、それが〝ある種の願望〟と青年が呼んだものだろう。

「………私もそうだった」

「千冬さんも？」

驚いたように顔を覗き込まれ、少し恥ずかしかった。

「そう、それが私の秘密。グリム兄弟が書き替えたことと同じね」

いい母親であれ。上手な子育てを。

理想的な家庭。正しい親子関係。育児はこうあるべき。子育ての成功と失敗——社会にはそんな言葉が溢れている。周囲の視線が〈母親〉であることからはみ出すことを許さない。それ以外はまがい物、〈継母〉だ。だからいい母親になろうと躍起になった。じつの母親ではない自分は本物の母親に劣るのだから。

そうやって自分自身にレッテルを貼っていたのだ。

「いい母親になりたかった。私はお腹を痛めてあなたを産んでないから、頑張らないとだめだと思った」

「そんな……！　千冬さんはすごいです！」

力いっぱい言われ、頬が緩みそうになる。

そう、と柔らかく受け止め、千冬は話を続けた。

「籾さんがこの本を読むように言ったのは、きっとそのことに気づかせるため」

もしあの場で子育てをしたこともない青年に講釈されても素直に受け止められなかった。二百年前に書かれたグリム童話の初版を読むことができたから、事実を受け止められたのだ。

おかげで目が覚めた。

千冬の中にも〈母親〉を絶対視する感情があったのだ。その感覚があったからこそ、自分の未熟さや不安を〝継母だから〟と一括《ひとくく》りした。

継母だと揶揄した人々となにが違うのだろう。

子どもを産んだ瞬間に完璧な母親になる人などいない。どの女性も初めて抱く赤子に戸惑い、かかりきりになり、手探りでその子との関係を育む。一秒が一分になり、一時間、一日、百日、千日と――そうやって母親になっていく。

そんな当たり前のことを失念していた自分が情けない。

千冬はアンを見た。

「私は過保護だった。ごめんなさい、アンに辛い思いをさせてきたわね」

アンの瞳に涙の膜が揺れた。娘はそれを隠すようにうつむき、細い声で呟いた。

「私、千冬さんに嫌われるんじゃないかって……。千冬さんがいろんなことしてくれるのに全然成績よくないし、うまくできないし。せめて仕事の邪魔はしたくなくて」

千冬は虚を衝かれた。

アンが勉強を教えてと言わなくなったのはいつからだろう。食事も手のかからないものでいい、なんでもおいしい、と避けられるようになったのは何歳からだったか。

その意味を理解した瞬間、目の前にかかっていた霧が晴れるようだった。ぎくしゃくした空気の正体がはっきりわかる。わかってしまえば、なんと単純なことか。

訥々と胸のうちを語る娘がいとおしい。

「――私、なにも返せてない。千冬さんがしてくれたことに、なにも返せない」

「もうもらってる」

アンはきょとんとした表情を浮かべた。

まだわからないかもしれない。それでいい、と千冬は思った。

アンと出逢った日のことは昨日のことのように覚えている。小さなアンときたら、目をキラキラさせて。素直で思いやりがあり、ちょっと引っ込み思案で、おっちょこちょい。ころころと表情が変わるのが可愛くて片時も目を離したくなかった。

アンの可愛らしさは結婚前から浴びるほど太一に聞かされていたのだ。初めて顔を合わせたときはやっと巡り逢えたような喜びに浸った。だからこそ自戒が必要だった。浮ついた気持ちで、この子の大切なものを踏みにじりたくない。

『千冬でいいわ。お母さんと呼びたくなったらそう呼んで』

結婚してまもなく、アンにそう誓った。

優しいこの子は相手のために自分の言葉をのみこむ癖がある。絶対にむりをさせたくない。あなたを産んだ大切な人を、あなたから〝お母さん〟を取り上げるつもりはないと伝えておきたかった。

いまもその気持ちは変わらない。でもいつか、この子にお母さんと呼ばれたい。そう呼んでもらえたら百パーセント泣く。

その確信を深める一方で、もう〈継母〉であることに引け目を感じなかった。

千冬はアンの頭を優しくなでた。

〈継母〉だとか〈血の繋がらない子〉だとか、そんなことはどうでもよかった。親子の数だけ、その形がある。

ここにいるのはアンと千冬。

世界にひとつだけの、ふたりにしか作れない関係だ。

「アン」

呼びかけたものの、話を切り出すのに勇気がいった。

「私がここに来た日、図書屋敷を離れたくないって言ったわね。それはお父さんが迎えに来るまで？　夏休みが終わるまで？」

アンは目を瞠り、うつむいた。

辛抱強く待っていると、娘は顔を上げてまっすぐに千冬を見た。

「ずっと。夏休みが終わって秋が来ても。雪が降って、春になっても」

言葉が重くあたりに染みる。

「本気で言っている？　籾さんたちへの負担はどう考えるの」

淡々と現実的な問題を確認する。夢や希望だけで未来は選べない。これはアンが考えなければいけないことだ。

だが、ひとりにはさせない。それが千冬にとってどんなに辛い決断になろうとも。

「どうするのが一番いいのか、一緒に考えましょう。アンがここにいられるように」

成長した我が子のために、そう心に決めた。

エピローグ

スウィングベンチで千冬と過ごしたあと、アンはその足で臨時休業中の〈モミの木文庫〉に向かった。日は高いが、ここにいると確信があった。

図書室をいくつか覗くと痩せた狼のような青年は児童書コーナーにいた。黙々と蔵書を整頓している。犯人が床に投げつけた蔵書は丁寧に手入れされ、整然と棚に収まっていた。汚れや破れもなく、どの本がそうだったのか見分けがつかないほどだ。

セージさん、と声をかけると、青年が手を止めて振り返った。

「いまいいですか？」

青年は返事の代わりにうなずき、アンがそばに来るのを待って口を開いた。

「お母さんと話せたか」

「はい。話せてよかったです」

セージは無言だが、その沈黙は不思議と心地よかった。

「それでセージさんに相談というか……お願いがあります」

続けてしゃべろうとしたが言葉に詰まった。緊張で手が震える。自分の気持ちを伝えるのがこんなにも怖いなんて知らなかった。

アンはぎゅっと手を握りしめ、セージの目を見た。

「私、まだここにいたいです」

延長でもホームステイでもなく。もっと長い時間、ここにいたい。

声に出して言うと、自分でも情けないくらい滑稽に思えた。恥ずかしさを隠すようにやや早口に言葉を重ねた。

「東京は好きです。好きっていうか、私の全部があるから」

見慣れた町並み。好きな公園。よく行く雑貨店。なにより東京には帰る家がある。太一がいて、千冬がいる。大好きな両親に守られた温かくて居心地のいい場所。こんなに幸せな空間がほかにあるとは思えない。

だからだめ。それじゃだめなんだ。

どうしようもなく、その想いが胸を突き上げた。

「屋敷を離れたら昔の自分に戻っちゃう気がするんです。うまく言えないけど……摑みかけてることまでなくす気がして。そしたらきっと私……」

苦い気持ちが胸に広がる。図書屋敷を離れる日を思い、後ろめたさに似た恐れを感じたことがあった。あの気持ちがなんなのか、いまならわかる。

目立たないように。感じ良く。自分の考えを表に出さない。そうすれば嫌な思いをしなくて済むから。心に波風が立たないから。そうやって、三年前のあの事件から自分を小さくしてきた。

太一と千冬はアンを世間から隠してくれた。両親はどんなときも味方でいてくれた。家にいれば守ってもらえる。辛いときは千冬の背に隠れ、悲しいときは太一に甘やかしてもらえばいい。嫌なことは見なかったことにして面倒なことは誰かにやってもらう。そうすれば迷うことも傷つくこともない——そんな自分が、たまらなく嫌いだ。

嫌で嫌で、たまらなかった。

だからって、こんな提案どうかしてる。自分でもわかってる。ばかげてる、気の迷いかも。いますぐ東京に帰りたいし札幌に残りたい。頭の中がぐちゃぐちゃで気持ちの整理もできてない。わがままだ、くだらない。わかってる、わかってるけど……！

わけのわからない衝動が全身を満たし、叫んでいる。


もう、かつての美原アンでいたくない。


アンは奔流のような想いを言葉に紡ぎ直した。

「司書見習いの仕事を続けたいです。知らないことを知って、いろんなことを考えられるようになりました。まだ知りたいことがたくさんあります。お父さんの説得とかはこれからだけど……でも、まずセージさんに話すのが先だって思いました」

千冬が示してくれた道筋だ。願えば手に入るものなどない。やりたいことを通すには相応の労働、金銭、約束がいる。そしてそのスタート地点、相手を説得できるかはアンにかかっている。

「セージさん。私をここに、図書屋敷に置いてください。いままで以上にがんばって働きます。司書の仕事もおうちの手伝いも。お願いします」

アンは姿勢を正し、深く頭を下げた。その体勢のまま返事を待った。セージの表情を見るのが怖かった。

窓の向こうから風がさらさらと草木を渡る音が響いていた。長すぎる沈黙ののち、青年は一言だけ言った。

「これまで以上に働く必要はない」

拒絶の言葉が胸を突き刺す。

平気だ、そう言われるかもってわかってた。

痛みを打ち消すように自分に言い聞かせた。未成年を預かることは簡単ではない、金銭の問題だけではすまないのだ、と千冬から厳しく言われていた。断られて当然で希望を伝えるのが第一歩。そういう意味では前に進めているではないか。

なにが足りない？　どういう条件なら司書の仕事を続けられる？　だめでも、ちゃんと聞いて一番いい方法を見つけたい。

仕切り直そうとしたとき、頭上から声が降った。

「秋になると、ナナカマドやイチイの実が燃えるような赤に色づく。紅葉は黄色い樹木が多いな。東京よりずっと鮮やかだ」

「………？」

「それから初雪の一、二週間前になると雪の妖精が飛ぶ。雪を知らせる、雪虫《ゆきむし》だ」

妖精……虫？　え、なんの話。そもそも雪を知らせる生き物なんている⁇

疑問だらけになって思わず顔を上げると、きつい三白眼と視線がぶつかった。

「一緒に見られたらいいな」

なにを言われたか理解するのに時間がいった。脈略がないように聞こえた季節の話題と最後の言葉が結びつく。

とたん、アンは仰天して飛び上がりそうになった。

「えっ！　あの、あれ⁉　それってつまり――――！」

「学校のことはどうする？」

「ええっと……通信か転校かで、まだ考え中です」

そうか、とセージは安心したように口許をわずかに綻ばせた。

「〝これまで以上〟でなくていい。アンがアンらしくいること。それが条件だ。ご家族の了解も必ず取ること」

心の中は大騒ぎなのに感極まって言葉にならない。嬉しいと人は泣きたくなるという体験をアンはこのとき初めて知った。

はい、と返した声は少しだけ涙に揺れた。

そのとき、タイミングを見計らったようにアンのふくらはぎにもっちりしたものが当たった。ぽっちゃりしたペルシャ猫が体をすり寄せ、したり顔で「ニャー」と鳴く。

教育中の見習いを逃さずにすんで猫はじつに嬉しそうだ。

アンはずしりと重たい猫を抱き上げ、柔らかな毛並みに顔をうずめた。日向《ひなた》にいたのかワガハイの体は熱く、陽だまりの匂いがした。それからかすかに落ち葉の匂いもする。

北の大地では熱い日差しの季節は短く、駆けるように過ぎ去っていく。

夏が終わる。アンの一夏かぎりの冒険も終わろうとしていた。

だが、季節は巡る。

ここは北海道、札幌市。山鼻と呼ばれる歴史ある地区に立つ、古ぼけた図書館だ。正式名称を〈モミの木文庫〉というが、擬西洋建築の外観から図書屋敷の愛称で親しまれている。開拓使の時代まで遡れるといえば聞こえはいいが、建物はあちこちガタガタだ。たわんだ床はギシギシと鳴り、二重窓のガラスは埃で曇ったまま。時代に取り残され、人々に忘れられた屋敷は町並みの中にひっそりと埋もれた。

しかしこの屋敷には秘密がある。

ひとつ、〝ケータイやスマホ、ネットに繋がるものを図書館に持ち込まない〟

ひとつ、〝夜は部屋から出てはいけない〟

ひとつ、〝猫の言うことに耳を貸してはいけない〟

三つのルールに守られた、夢と現の交錯する秘密の図書館。

もうじき、秋がやってくる。

あとがき

思い出の一冊はありますか？

子どもの頃に読んだ絵本。心を撃ち抜かれた小説。絶望の中で希望になったもの、人生のターニングポイントになったもの。本の数だけ物語があり、とても一冊に絞れないかもしれません。

そんな本と人の物語を追いかけた本作は、夏の北海道を舞台に少女が奮闘するビブリオファンタジーです。

本編では誰もが知る有名作品を多く扱っています。作品を読んだことのある方には懐かしくも新しく、未読の方には知らない世界へのお誘いになるよう心がけました。夏の札幌を描写できるのも楽しみのひとつです。ことば、食べ物、四季の移ろい。書きたいことは山ほどありますが、本編とのバランスが難しくて毎回四苦八苦しています。

ちなみに作者が衝撃だった北海道グルメは「あげいも」です。アメリカンドッグの中身がジャガイモといえば伝わるでしょうか。大きなジャガイモがまるごと二、三個串に刺さっていて、見た目も重量もカロリー鈍器。そしてソフトクリームを買うのです。それを熱々のあげいもにディップするのです。甘くて濃厚なソフトクリームとしょっぱくてザクザクホクホクのあげいもの食感といったら！

こんなにおいしく楽しい背徳のローカルフードを教えてくれたのは一巻に引き続き本《ほん》田《だ》さんご一家です。座敷童《ざしきわらし》のようにしれっと居着く作者を連れ、北海道のすてきもの探索をしてくださいました。

また図書館が舞台でなかなか町を描写できなかったのですが、担当編集者のFさんのアイデアで札幌観光や味覚を紹介することができました。○○がおいしいお店ありますかと尋ねると光の速さで教えてくれるので、じつはこの方は札幌グルメハンターではないかと疑っています。

よく迷走する作者を優しく連れ戻し、時々一緒に迷走する担当編集者のSさんもお土産を渡すとさらに詳しい情報と熱量が返ってくるので油断できません。函館《はこだて》ご当地バーガーショップのグッズまで言い当てられたときは震え上がりました。

そんなくいいじ……もとい、この土地が好きなメンバーと作品を作り上げることができて本当に幸運です。

そしておかざきおかさん。デビュー以来ずっと拙著の装画を担当してくださっていますが、今回も緻密ですてきな表紙に仕上げてくれました。ぜひじっくりと隅々まで眺めてみてください。

近江泉美《おうみいずみ》

【参考文献】

太宰治『走れメロス』新潮社　1981年
シラー『新編シラー詩抄』小栗孝則訳　改造社　1937年
『世界文学大系　18　シラー』新関良三訳者代表　筑摩書房　1959年
ゲーテ、シラー『ゲーテ＝シラー往復書簡集（上）、（下）』森淑仁訳、田中亮平訳、平山令二訳、伊藤貴雄訳　潮出版　2016年
檀一雄『小説太宰治』審美社　1988年
井伏鱒二『太宰治』筑摩書房　1989年
グリム『国際版　少年少女世界童話全集　第1巻　しらゆきひめ』生源寺美子文、他、小学館　1978年
グリム『国際版　少年少女世界童話全集　第5巻　ヘンゼルとグレーテル』神沢利子文、他、小学館　1979年
ペロー『国際版　少年少女世界童話全集　第2巻　ながぐつをはいたねこ』大石真文、他、小学館　1978年
ヴィルヘルム・カール・グリム、ヤーコプ・ルードヴィヒ・グリム『初版グリム童話集　ベスト・セレクション』吉原素子訳、吉原高志訳　白水社　1998年
ヴィルヘルム・カール・グリム、ヤーコプ・ルードヴィヒ・グリム『初版グリム童話

集　1』吉原素子訳、吉原高志訳　白水社　1997年
ペロー『完訳　ペロー童話集』新倉朗子訳　岩波書店　1982年

【タイトルが登場する作品】

今田美奈子『お菓子の手作り事典』講談社　1981年
B・K・ウィルソン『こねこのチョコレート』小林いづみ訳　こぐま社　2004年
なかがわりえこ『ぐりとぐら』おおむらゆりこ絵　福音館書店　1967年
吉田菊次郎　編『今だから読んでほしい物語に出てくる楽しいお菓子の作り方』朝文社　2012年
『世界少年少女文学全集』創元社　1953年～1956年
『少年少女世界文学全集』講談社　1958年～1962年
『少年少女世界の名作文学』小学館　1964年～1968年
『世界児童文学全集』あかね書房　1958年～1960年
『世界少女名作全集』偕成社　1958年～1962年
『ホレのおばさん　チャイルド絵本館　世界名作絵本10グリム童話』高田敏子文、直江真砂絵　チャイルド本社　1988年

『12のつきのおくりもの　スロバキア民話』内田莉莎子再話　丸木俊画　福音館書店　1971年
エロール・ル・カイン『いばらひめ』矢川澄子訳　ほるぷ出版　1978年
アンデルセン『国際版　少年少女世界童話全集　第7巻　はだかの王さま』舟崎靖子文、他、小学館　1979年
東野圭吾『容疑者Xの献身』文藝春秋　2005年
恩田陸『夜のピクニック』新潮社　2004年
バジーレ『ペンタメローネ［五日物語］』杉山洋子訳、三宅忠明訳　大修館書店　1995年

<初出>

本書は書き下ろしです。

この物語はフィクションです。実在の人物・団体等とは一切関係ありません。

◇◇メディアワークス文庫

深夜《しんや》0時《じ》の司書見習《ししょみなら》い2

近江泉美《おうみいずみ》

2024年7月25日　初版発行

発行者　山下直久
発行　株式会社KADOKAWA
〒102-8177　東京都千代田区富士見2-13-3
0570-002-301（ナビダイヤル）
装丁者　渡辺宏一（有限会社ニイナナニイゴオ）
印刷　株式会社暁印刷
製本　株式会社暁印刷

Printed in Japan
ISBN978-4-04-914761-2 C0193

メディアワークス文庫　https://mwbunko.com/

本書に対するご意見、ご感想をお寄せください。

あて先
〒102-8177　東京都千代田区富士見2-13-3
メディアワークス文庫編集部
「近江泉美先生」係

◇◇◇

おかえりの神様

鈴森丹子

既刊5冊
発売中!

奇跡も神通力もないけれど、ただ“そばにいてくれる”。

就職を機にひとりぼっちで上京した神谷千尋だが、その心は今にも折れそうだった。些細な不幸が積もり積もって、色々なことが空回り。誰かに相談したくても、今は深夜。周りを見回しても知り合いどころか人っこひとりもいない。

……でも狸ならいた。寂しさのあまり連れ帰ってしまったその狸、なんと人の言葉を喋りだし、おまけに自分は神様だと言い出して……??

『お嬢、いかがした？　何事かとそれがしに聞いて欲しそうな顔でござるな』

こうして一日の出来事を神様に聞かせる日課が誕生した。

“なんでも話せる相手がいる”、その温かさをあなたにお届けいたします。

メディアワークス文庫

わけありシェアハウス

綾藤安樹

突然の同居は、
運命の恋の幕開けでした。

ある夜、なりゆきではじまった記憶喪失の青年との同居生活。それは真奈美にとって、住処を提供する代わりに苦手な家事を肩代わりしてもらうという契約関係のはずだった。

美味しいご飯とお酒、たわいもない会話を交わす温かい日常を過ごすうち、惹かれあい、いつしか恋人へ発展したふたり。けれど、好きになればなるほど「記憶を取り戻したい」「夢なら早く覚めて欲しい」という彼の願いが真奈美の心をかき乱し——。

これは、不確かで甘く切ない恋物語。

メディアワークス文庫

横浜ヴァイオリン工房のホームズ1〜2

上津レイ

あらゆる「音」から謎を解く天才。
人は彼女を、絶対音感探偵と呼ぶ。

横浜本牧の片隅に佇む弦楽器修理工房『響』。この店のオーナー冬馬響子は、美しいが人間嫌いの風変わりな女主人だ。元天才ヴァイオリニスト、人並み外れた聴覚を持つ彼女の事を知る人は皆こう呼ぶ——絶対音感探偵、と。

あらゆる音を聴き分ける力とホームズばりの推理力で、なぜか楽器修理と共に持ち込まれた事件を解決する名探偵。そんな響子さんの下宿人兼助手の僕もまた、彼女の「耳」に救われた一人だった……。音×謎解き。新しい名探偵がおくる芸術ミステリー登場！

メディアワークス文庫

喫茶黒猫はいつもあやかし日和です

浅月そら

あやかし絡みの事件なら、
喫茶黒猫におまかせを。

　赤坂の路地裏に、隠れ家のようにひっそりと建つレトロな喫茶店「喫茶黒猫」。

　この店で客を迎えてくれるのは、若き店主・美月と、あやかしの黒猫レン。

　美月は幼少期のトラウマで人と話すことができないが、そんな彼女を黒猫レンがしっかりフォロー。美月の肩にチョコンと乗って代わりに話すことで、見事にお客とコミュニケーションしてしまう。

　あやかしが人間を想うが故に起きてしまう切ないトラブルを、美月とレンが解決していく、心癒される物語。